D1145999

DÉJÀ PARUS
DANS LA MÊME COLLECTION
« Présence du futur »

Adressez-vous à votre libraire habituel en citant ce livre; i
vous remettra gracieusement notre bulletin littéraire qui vous
tiendra au courant de toutes nos publications nouvelles.

DENOËL
14, rue Amélie, Paris-7

Deux univers

DU MÊME AUTEUR
AUX MÊMES ÉDITIONS

Le crépuscule de Briareus

RICHARD COWPER

Deux univers

roman
TRADUIT DE L'ANGLAIS
PAR CLAUDE SAUNIER

DENOËL

Titre original :

WORLDS APART
(Victor Gollancz, Ltd London)

NOTE DE L'AUTEUR

Lorsque je revis l'histoire de M. Cringe avant publication, je me sentis obligé d'attirer son attention sur l'emploi qu'il avait fait du mot « grok ». Je lui fis remarquer que Robert Heinlein avait déjà utilisé un concept nommé « grok » dans son remarquable livre, *Stranger in a strange land*[1]. M. Cringe, depuis longtemps un des admirateurs les plus enthousiastes de M. Heinlein, fut à la fois étonné et intrigué par cette coïncidence. Il m'assura qu'il n'avait pas encore eu le plaisir de lire le livre de M. Heinlein, et ne pouvait voir en son propre choix du mot « grok » qu'une preuve supplémentaire de l'existence de ce chevauchement asomatique et de cette contiguïté générale de Chnas dont sa propre histoire paraîtrait donner un étonnant exemple. Néanmoins, en les circonstances, l'honneur m'oblige à offrir mes sincères excuses à M. Heinlein — M. Cringe s'étant involontairement approprié un terme dont M. Heinlein est incontestablement l'inventeur.

1. En français : *En terre étrangère,* Éd. Robert Laffont, 1970.

Toutes choses existent en l'imagination humaine

WILLIAM BLAKE

Bien que nos livres d'histoire ne relatent pas encore le fait, il sera utile de noter dès le début que le 12 octobre 1978 — dix-septième jour de la grève des électriciens, huitième jour de la grève des mineurs, et troisième jour de la grève des cheminots — fut également le premier jour de la grève personnelle de Georges Cringe contre cette intolérable indignité d'être Georges Cringe, père, soutien de famille, et professeur assistant de sciences au collège moderne de Bagshot Road.

Il est difficile de déterminer l'instant précis où échouèrent les longues négociations de Georges avec lui-même, puisqu'il avoue volontiers avoir commencé sa petite grève du zèle dix-huit mois plus tôt, au moment même où fut élevé à un poste supérieur — à la place de Cringe — Patrick Maggerty (dit « le rampant »). On ne peut cependant nier qu'un phénomène ressemblant étrangement à une révélation s'abattit comme une vague écumeuse sur la conscience de Georges à quatre heures et quart, ce vendredi après-midi où il referma d'un coup de coude la porte d'entrée du numéro 27 de Laburnum Crescent, et découvrit ce message griffonné, glissé sous le cadre de la glace du portemanteau :

Suis bingo [1] *avec Mémé. Donne thé aux petits. Poisson surg dans refrig. Marge.*

Le *poisson surg* fut peut-être la goutte d'eau qui fit déborder le vase. Tout au fond de Georges, quelque chose, ou quelqu'un, lança silencieusement un sauvage hurlement de douleur. La pile de cahiers qu'il portait se répandit en une bruyante cascade sur le sol de l'entrée. Il arracha du cadre le message, le roula en boule et le jeta contre le panneau en vitres de couleur de la porte.

— Seigneur! gémit-il, anges de miséricorde! *aidez-moi à sortir de là!*

La galaxie que ses habitants appellent Chnas a deux numéros dans le catalogue des étoiles du *National Geographic,* pour cette bonne raison que Chnas I *est* Chnas II, mais vue de l'autre côté. Étant donné que Chnas se situe aux limites absolues de l'observation télescopique terrestre, le minuscule atome gazeux aux contours flous qu'on a photographié quelque part dans la région de nos cieux septentrionaux occupée par la constellation *Sycion minor* n'a pas encore été identifié avec cet autre minuscule atome flou qui apparaît en la partie diamétralement opposée de notre ciel, assez bas dans la constellation antipodale de *Psylla major.* Sans aucun doute, quelque ordinateur arrivera bien un jour à voir qu'ils sont identiques, ce qui lui vaudra par la même occasion une bonne révision.

Les astronomes chnassiens se trouvent évidemment dans la même situation vis-à-vis de notre galaxie,

---

1. Sorte de jeu de dominos électronique, où l'on gagne divers lots. (*N. d. T.*)

mais, leur « conditionnement » mental étant quelque peu différent du nôtre, ils ne semblent point avoir de grandes difficultés à accepter cette notion que le cosmos et tout ce qu'il renferme n'est qu'une immense illusion des sens. Ainsi, un astrophysicien chnassien, ayant compté le nombre de céphéides en une nébuleuse particulière supposerait automatiquement que son résultat est « faux », simplement parce que ses yeux lui auraient dit qu'il était « juste ». De même, rien n'est plus facile pour les Chnassiens que d'accepter des concepts tels que « masse négative », « temps inverse », ou « trous noirs en l'univers » — à ce propos, leur propre terme pour ce dernier phénomène est « oscitation ». Un célèbre musée chnassien contient une vaste pièce où dit-on, existe un modèle (qui fonctionne) de l'univers entier. Personne ne l'a jamais *vu,* mais d'innombrables milliers de Chnassiens l'ont *entendu.* Il consiste en un petit rire tranquille éternellement répété dans une obscurité totale. Sa texture, bien qu'indescriptible, de l'aveu général, ressemble, dit-on, à celle d'un fromage de Gruyère.

« Chnas » est aussi le nom d'une planète délicieuse qui tourne autour d'une étoile de quatrième grandeur dans un des bras en spirale de sa galaxie. Cette galaxie elle-même est appelée Chnas pour la raison bien simple que les Chnassiens, l'ayant observée, se rendent compte que selon toute probabilité elle n'a qu'une réalité subjective. Ils préfèrent donc la considérer comme une extension de Chnas même. On pourrait dire la même chose du reste du cosmos qu'ils peuvent observer. Tout est Chnas. A ce propos, pour un Chnassien, notre propre galaxie est également Chnas, les deux Chnas. Ce concept, d'une simplicité à vous couper le souffle, ne manque pas de séduction.

Sur terre, la seule personne qui eût découvert par hasard la possibilité de l'existence de Chnas ne s'en était pas rendu compte et si on le lui avait dit ne

l'eût certainement pas cru. Néanmoins, au moment
où Georges Cringe, dans la deuxième semaine de
juillet 1978, ferma à clef la porte de son minuscule
bureau et ouvrit l'un des trois cahiers qu'il avait réussi
à chiper à la papeterie du collège, pour écrire ces mots
invraisemblables : *Zil enlaça de ses thrunngs ceux
d'Orgypp et la grokka tendrement dans le crépuscule
agénorien,* il trébucha sans le vouloir et tomba dans un
de ces trous métaphysiques de l'invisible Gruyère,
provoquant un rictus à la signification véritablement
cosmique.

Le refuge spirituel de Georges était une planète
qu'il avait choisi d'appeler « Agénor ». De ce monde il
pouvait faire ce qu'il voulait — du moins le croyait-il.
Pendant les fins de semaine, sous le prétexte de préparer ses cours, ou de corriger des copies, il avait
pour habitude de se retirer sur Agénor et de devenir
Zil Bryn, inoffensif pédagogue agénorien, qui possédait néanmoins des pouvoirs mystérieux, bien que
non spécifiés. Ce jour-là, donc, Georges avait préparé une épreuve à son héros. Il allait devoir affronter
une espèce inconnue de champignons vénéneux hallu-
cinogènes, qui venaient d'apparaître mystérieusement
sur le littoral de Knyff et causeraient bientôt de
considérables perturbations dans la métropole.

Des réflexions sur les effets possibles de ce champignon avaient occupé Georges pendant tout le trajet
en voiture depuis Bagshot Road et il avait savouré
une ou deux expressions descriptives particulièrement
délectables tout en remontant l'allée menant à la porte
d'entrée de sa maison. Son cri d'angoisse en décou-
vrant le petit mot de Margery pouvait donc être inter-
prété comme une réaction de frustration de l'artiste
créateur, ou comme le gémissement d'un bébé à qui l'on
a promis, puis refusé sa petite séance légitime de tétée.

Orgypp se pencha sur l'épaule de Zil et lut les mots
qu'il venait juste de transcrire.

— Qui est Chennifer? demanda-t-elle [1].

Zil se gratta le nez pensivement.

— Une Dérienne, dit-il enfin.

— Elle a de la *hwyllth?*

— Bien entendu.

— Est-ce que Chorge va *grokker* avec elle?

— Tu crois qu'il devrait le faire?

— Tout le monde devrait *grokker*. Surtout tes Derriens.

— Mais la Derre n'est pas Chnas, Orgypp.

— Tout est Chnas, rétorqua-t-elle.

— Tout sauf la Derre, insista-t-il doucement.

— C'est impossible.

— Qui écrit cette histoire? toi ou moi?

— Nous l'écrivons tous les deux. Veux-tu que je t'aide pour le petit passage où Chorge et Chennifer *grokkent?*

— Je n'en suis pas encore arrivé là.

— Eh bien, dépêche-toi.

— Ces choses-là ne se font pas à la hâte, Orgypp.

— Bon. J'étais montée te dire que le dîner était prêt.

— Très bien, je descends dans un moment. Que m'as-tu préparé?

— Des champignons.

— Où les as-tu trouvés?

— C'est Llylly qui me les a donnés. Elle en a rapporté de Knyff. Elle dit qu'ils sont fabuleux.

Georges déboutonna son imperméable et après plusieurs tentatives infructueuses réussit à l'accrocher par-dessus la pile d'autres vêtements qui recouvraient les patères du portemanteau. Puis il se pencha

---

1. *Note de l'auteur.* C'est à M. Georges H. Cringe que je dois mes traductions de l'idiome chnassien. Des concepts qui s'expliquent d'eux-mêmes, ou pour lesquels on n'a pu trouver d'équivalent français satisfaisant ont été laissés dans leur forme originale.

et se mit à ramasser les cahiers éparpillés. Une feuille de papier pliée en deux s'était échappée de l'un d'eux. Il l'ouvrit et put alors contempler un dessin maladroit mais plein de vigueur exécuté au stylo à bille vert et représentant un homme et une femme nus reliés par un sexe mâle rigide et de dimensions proprement homériques. Une bulle sortait de la bouche de la femme, et à l'intérieur on pouvait lire ces mots : *T'es sensas* suivis de six points d'exclamation.

Georges examina cette œuvre édifiante quelques secondes, se demandant qui pouvait être l'artiste anonyme. Il pensa à Sybil Bosset, une jeune personne de treize ans, physiquement précoce, mais sans rien de remarquable. S'il ne se trompait pas, son art était diablement en avance sur ses connaissances en physique. Il replia la feuille et aperçut alors quelques lettres griffonnées au dos. *G.H.C. + J.V.L. Fais passer.*

Il déplia de nouveau la feuille, et examina plus attentivement les traits de l'homme. On ne pouvait se tromper sur cette éclatante moustache vert gazon gribouillée sur la figure. Étonnant qu'il ne l'eût pas remarquée tout d'abord. Tout en l'étudiant, il lui vint à l'esprit que sa réaction en face de cette découverte était beaucoup plus calme qu'elle n'eût dû être. Au lieu de colère et de dégoût, il ne ressentait qu'une espèce de fierté timide à l'idée que ses jeunes élèves pussent se représenter leur maître dans la plus humaine de toutes les situations humaines, enlaçant une belle personne, un professeur stagiaire, de seize ans sa cadette. Cela lui parut compenser, de manière indéfinissable, la déception éprouvée parce qu'on lui refusait momentanément les délices d'Agénor.

Il glissa la caricature dans la poche de sa veste, finit de rassembler les cahiers épars et les posa sur l'étagère du portemanteau. Puis, se dressant sur la pointe des pieds, il regarda son image dans la glace, essayant de se voir comme devait le voir Jennifer

Lawlor. L'effort mental qu'il dut faire pour y arriver le fatigua beaucoup.

Trente-quatre ans auparavant, Albert Cringe, cheminot employé à la signalisation, s'était tenu casquette à la main devant un fonctionnaire affligé d'un bec-de-lièvre, dans le bureau de l'état civil, et avait annoncé que désormais son fils affronterait un monde hostile sous le nom de « Georges Herbert Cringe ». Albert avait choisi ces prénoms en l'honneur de H. G. Wells, seul écrivain dont les œuvres eussent fait quelque impression sur lui. Elles ne l'avaient apparemment pas assez impressionné pour qu'il se rappelât les prénoms dans l'ordre.

Par une sorte de curieux hasard génétique, Georges, en grandissant, s'était mis à ressembler de façon remarquable à son illustre homonyme. Il avait de brillants yeux bleus, des cheveux blond roux, un visage plutôt rond et joufflu. Le lait et le jus d'orange de l'État-providence lui permirent d'atteindre un plein développement physique; à dix-huit ans il mesurait un mètre soixante-treize et pesait un peu plus de soixante-cinq kilos. Il était destiné à être classé parmi les « intelligences moyennes » bien qu'il y eût quelques raisons de croire que ce jugement ne lui rendait pas justice. Il réussit à passer de justesse son examen d'entrée au collège où pendant cinq ans il obtint des places qui se situèrent à peu près au bas du deuxième tiers de la liste. De temps en temps, quand il s'intéressait vraiment à quelque sujet, il était capable d'étonner ses professeurs. Mais cela n'arriva pas assez souvent pour qu'aucun d'eux pût distinguer en lui autre chose qu'un élève moyen.

Dans sa treizième année, Georges découvrit la science-fiction. Elle arriva sous la forme d'un magazine appelé apparemment *Nouvelles extr* (la moitié de la couverture avait été arrachée) qu'il extirpa de derrière un radiateur dans le vestiaire du collège. Il le feuilleta d'abord distraitement, puis se mit à lire avec passion l'histoire d'un minuscule météorite qui arrivait sur Terre, où l'on découvrait qu'il possédait une densité physiquement impossible. On finissait par le déterrer de son cratère — il y avait une étonnante illustration montrant en blanc et noir une énorme grue l'arrachant au sol — à la suite de quoi il se révélait que c'était là une espèce de forme de vie étrangère. Georges lut l'histoire au galop, toute incrédulité disparue. Pour la première fois de sa vie, les prétendus « faits » de ses cours de sciences avaient été rendus réels pour lui, grâce à l'imagination.

Pendant les dix-huit mois qui suivirent, son régime littéraire consista presque exclusivement en science-fiction. Il découvrit deux autres fanatiques dans sa propre classe, et tous les trois échangeaient des magazines et des livres de poche et se livraient à de savantes discussions pseudo scientifiques sur la « Psi », et l' « Espace/Temps », pendant les récréations. Leurs conversations devinrent de plus en plus semées d'allusions érudites à Capek, Heinlein, Van Vogt, Asimov, Aldiss et Wyndham. Puis — Georges ne comprit jamais comment ni pourquoi — la lune de miel prit fin. Il n'y eut point de divorce, mais simplement un éloignement progressif. Il se mit à s'intéresser aux modèles réduits d'avions, à la pêche et aux filles. Dans cet ordre. Quand il quitta le collège après deux ans d'études terminales — mathématiques, physique et chimie — il aurait eu bien du mal à vous expliquer ce qui avait pu le décider à choisir les sciences plutôt que les lettres.

Et pourtant... et pourtant... Depuis le moment où la porte du pays des merveilles s'était ouverte devant lui dans ce vestiaire humide et malodorant, elle ne s'était jamais vraiment refermée. Une part secrète de Georges Cringe resterait toujours hantée par ces perspectives enchanteresses où sa jeune imagination avait gambadé pendant que ses professeurs désabusés débitaient leurs discours monotones le long d'interminables après-midi. Sans le reconnaître pour tel, il avait rencontré par hasard le miel sacré de l'imagination et quand un professeur d'anglais, amer et sarcastique, fondit sur un exemplaire de *Amazing Stories* que Georges était en train de lire, déversa sur lui et sur l'adolescent son mépris, et les ridiculisa tous deux publiquement, Georges se sentit suffisamment piqué pour se défendre. Bien qu'il n'ait pu s'en douter à l'époque, sa réponse maussade : « Eh bien, qu'est-ce qu'il y a de mal dans l'évasion, monsieur? » avait contesté toutes les valeurs douteuses sur lesquelles était fondé le système d'enseignement secondaire anglais.

Néanmoins, c'est à l'intérieur de ce système que Georges devait finir par trouver son humble niche. Une succession de jeunes filles s'étant interposée entre lui et ses examens, il n'obtint point les résultats qui lui eussent permis d'obtenir une place à l'université. Il entra donc à l'École normale de l'endroit où l'on vous préparait au professorat. Là il rencontra d'autres demoiselles. Deux ou trois même parurent prêtes à voir en lui un partenaire permanent. C'était d'ailleurs, d'après elles, le prix qu'il faudrait payer pour obtenir ces délices physiques tant désirées par Georges.

A la fin de sa deuxième année à l'école, il n'y avait plus que deux concurrentes sérieuses : Violet Roper et Margery Phillips. Vi voulait être professeur de biologie et Marge professeur d'anglais. Vi se montrait agréablement directe et franche dans les conversations sur la sexualité mais elle avait un rire bruyant et vulgaire qui de temps à autre agaçait les dents du pauvre Georges. Son odeur, de plus, était un peu forte par temps chaud. Marge était plus jolie, mais moins intelligente. La plupart du temps, Georges était diablement certain de n'avoir envie d'épouser ni l'une ni l'autre. Mais il voulait dormir avec elles. Enfin, dormir, c'est une façon de parler. En fait, il entretenait souvent l'idée d'essayer de les amener à partager toutes les deux son lit en même temps.

Ce fut Marge qui remporta finalement la victoire. Elle permit à Georges de lui faire boire quantité de punch au gin au cours du bal de fin de semestre, en l'été de la seconde année. Après quoi elle se laissa emmener dans les bosquets derrière les courts de tennis. La consommation de l'acte laissa beaucoup à désirer — hélas! A peine avait-il pu la persuader de s'allonger dans l'herbe qu'elle se mit à avoir une bonne crise de hoquet. Ce qui eut sur Georges un effet des plus déconcertants. Il découvrit qu'il ne pouvait se concentrer sur la tâche à accomplir, parce qu'il attendait toujours le prochain « hic », aussi bruyant que régulier. Les excuses syncopées de Marge n'étaient pas faites pour lui rendre son sang-froid; finalement, à force de cajoleries, elle voulut bien se remettre en position assise et il lui dit de pencher la tête entre les genoux. Elle s'inclina en avant, à moitié ivre; ses longs cheveux blonds tombèrent devant son visage, dénudant ses oreilles et sa nuque. Georges, la voyant ainsi pour la première fois de sa vie, tomba amoureux d'elle, comme un benêt.

Ils se marièrent une semaine après leurs derniers examens. Au bout d'un an, Georges se rendit compte qu'il n'aimait pas vraiment Margery, et qu'il n'était amoureux que de sa nuque. Mais il était trop tard; Margery était enceinte de six mois et ils avaient acheté — payable en vingt-cinq ans — la maison de Laburnum Crescent. Le monde de Georges se refermait sur lui, avant même qu'il eût eu vraiment le temps de s'épanouir.

Les cérémonies sont l'essence même de la vie quotidienne sur Chnas. Elles provoquent des sensations de bien-être et de sécurité au milieu du chaos cosmique. Un rituel est prescrit pour presque toutes les occasions imaginables. Et tous les rites sont harmonieux et beaux. Sur Chnas, la beauté est aussi passionnément adorée que sur Terre l'argent. C'est la source de la *hwyllth*. En vérité, selon un sage chnassien vénéré : *La beauté est la hwyllth, la hwyllth est beauté, c'est tout ce que l'on sait sur Chnas, et c'est tout ce qu'on a besoin de savoir.*

Des miroirs du ciel sont disséminés au hasard sur Chnas. Ce sont des pièces d'eau et des lacs ronds, comme des soucoupes, et de faible profondeur, traversés par des sentiers faits de pierres plates. A n'importe quelle heure du jour ou de la nuit, on peut voir des Chnassiens aller et venir paisiblement sur ces sentiers, s'arrêter de temps à autre pour contempler le reflet des nuages, des étoiles ou des trois lunes de Chnas. Être appelé « miroir du ciel » est le plus beau compliment qu'un Chnassien puisse recevoir d'un autre. Cela suppose des profondeurs de tranquillité spirituelle aussi désirables que rares.

Chaque famille chnassienne possède son petit miroir du ciel. Ils occupent sans exception le centre de la cour intérieure de chaque maison. Ils sont le foyer spirituel de la maisonnée. Ceux qui éprouvent le besoin de se revigorer, de se purifier en se lavant de la raison dont les voiles affadissent tout, se rendent dans leur cour intérieure et laissent vagabonder leur esprit tout en jouant doucement de la flûte à eau, ou en caressant les cordes d'une petite cithare en bois de *drth,* nommée *ghlune.*

Zil et Orgypp allèrent donc près de leur miroir du ciel après le dîner. Oeneune, la plus grande des trois lunes de Chnas, était en son plein et sa lumière argentée baignait la cour intérieure d'une lumière fraîche et mystérieuse. Zil s'allongea sur des coussins de soie, appuya la tête sur son bras replié et contempla le miroir. Orgypp prit sa *ghlune.* Elle trempa le bout

de l'index droit dans l'eau puis le promena lentement
sur une des cordes. Une série de minuscules rides fré-
missantes commencèrent à se poursuivre l'une l'autre
à la surface du miroir, faisant onduler les images
scintillantes des étoiles, tandis qu'un bourdonnement
à peine audible envahissait l'air tranquille et chaud.
Zil soupira. Le doigt d'Orgypp glissa sur une autre
corde. La surface du miroir se hérissa d'une multi-
tude de minuscules pointes. Zil leva la tête.

— Qu'est-ce que c'est? murmura-t-il.

— Je ne sais pas, avoua-t-elle. Mes harmonies
deviennent dissonances. Je suis... inquiète.

— Désires-tu *grokker?*

— Je ne sais pas. Ne sens-tu rien?

Zil resta muet un long moment.

— Je sens ton inquiétude.

— Explique-moi.

— C'est un repliement sur soi-même, répondit-il
lentement. Tu te fermes. Il y a là de l'hostilité. Je n'ai
jamais rien éprouvé de semblable.

Orgypp posa sa *ghlune.* Elle dénoua la longue ceinture retenant sa robe, qu'elle laissa glisser de ses
épaules. Puis elle leva ses bras minces et ôta les deux
peignes ornés de pierreries qui relevaient ses cheveux
noirs. Ils tombèrent en une cascade soyeuse, sur son
dos et ses seins nus. Elle s'agenouilla lentement,
regarda son image dévêtue dans le miroir du ciel. Zil
l'observait, s'étonnait, le cœur serré comme par une
main d'acier.

Orgypp tendit lentement les bras au-dessus du
miroir. Une larme, diamant solitaire, coula sur sa joue,
son menton, et tomba dans l'eau. Sur cette part
minuscule des cieux réfléchis enfermant en elle l'invisible parcelle, l'amas d'étoiles qu'est notre Voie
lactée. Au même instant, et sans que ni l'un ni l'autre
les eussent touchées, les cordes de la *ghlune* abandonnée se mirent à vibrer; la surface de la pièce d'eau frémit jusqu'à ce que le reflet des cieux et l'image argentée

d'Orgypp agenouillée ne fussent plus qu'un tourbillon, un creux où tremblait la lumière et des formes incohérentes.

Cela dura peut-être une minute pendant laquelle la cour intérieur fut inondée des échos déchaînés de la *ghlune* fantomatique. Ils s'éteignirent, et dans le silence revenu, Zil et Orgypp entendirent, claire et faible comme l'appel d'un oiseau dans les dunes, une voix venant de nulle part, de l'obscurité derrière les étoiles, et qui criait : *Dieu Tout-Puissant! anges de miséricorde! aidez-moi à sortir de là!*

La véritable nature de l'espace et du temps a été le jouet favori des philosophes terrestres depuis des temps immémoriaux, avant même que les Grecs n'inventent le concept de la logique et ne commencent à coller des étiquettes sur toutes choses. Avant eux, les hommes s'arrangeaient des choses elles-mêmes. Après Platon, Aristote et leurs innombrables descendants, il y eut aussi les *idées* des choses. Comme le sait tout Chnassien, ceci ne fait qu'amener la confusion et conduit inévitablement au matérialisme, à la causalité, à l'exigence d'un ordre invariable des lois naturelles, qui n'est que de la myopie mentale.

Les Chnassiens ne reconnaissent que les lois non naturelles, affirmant, non sans raison, qu'une « loi naturelle » est, *ipso facto,* une contradiction dans les termes. Ils seraient stupéfaits si quelqu'un leur déclarait que rien ne pourra jamais dépasser la vitesse de la lumière. La vitesse de la pensée chnassienne, objecteraient-ils à juste titre, fait ressembler celle de la lumière à quelque *scargo* infirme. Il y a cependant un équivalent chnassien de la physique terrienne. Ils l'appellent *gryllook.* Terme que l'on pourrait peut-être traduire par « dimensionologie ». On ne l'enseigne que dans les écoles maternelles. Quand un petit Chnassien a appris à lire et à écrire, il connaît déjà à fond les techniques de base de la dématérialisation, du transfert physique et du *hwoming* [1]. Le reste de son existence sera en grande partie voué à la découverte des subtilités infinies du *grok*.

Quand les Chnassiens trouvèrent par hasard les secrets du *gryllook,* il y a une éternité de cela, ils se mirent aussitôt à explorer leur propre galaxie. Aventure qui occupa à peu près un mois lunaire terrien, et donna naissance à cette phrase familière : « Rien ne vaut son *howm*.» De nos jours, ces voyages sont plus ou moins réservés aux enfants des écoles maternelles et des groupes de jeunes Chnassiens sont emmenés régulièrement par leurs professeurs dans les coins les plus instructifs de la galaxie. Incidemment, Zil était l'un de ces professeurs.

Voyager autour de la galaxie et effectuer le *hwoming* vers Chnas est une chose; mais les voyages intergalactiques en sont une autre. Ils sont fortement déconseillés. Mais pas strictement interdits (car rien n'est strictement interdit sur Chnas). Pourquoi veut-on empêcher les enfants de se lancer dans cette aventure? Parce qu'une fois, dans le lointain passé, il arriva que plusieurs jeunes Chnassiens aventureux partirent pour les plus distantes nébuleuses. Et que leur *hwoming* les ramena dans l'avenir chnassien. Prouvant ainsi d'une manière concluante que les techniques du *gryllook* ne sont applicables qu'à l'intérieur de certaines limites bien définies. On ne découvrit d'ailleurs que longtemps après qu'ils avaient réussi à revenir — quand une série d'étranges petits poèmes apparut soudain, gravée sur un rocher solitaire, en plein milieu du désert de Frg. Bien entendu, l'auteur, alors, avait depuis longtemps disparu sous d'autres cieux.

Aujourd'hui, ces poèmes sont universellement connus sur Chnas sous le titre de *Testament de*

---

1. Évoque par le son le mot anglais *home* (foyer). D'où, *hwoming* (*homing :* le retour au foyer). (*N. d. T.*)

Mgn Rkhs. L'un des plus poignants s'intitule *Nohwom*[1]. Le voici :

> *Moi...*
> *Mgn Rkhs...*
> *vol...*
> *tomb...*
> *O*
> *bmot!*
> *lov*
> *oho*
> *...Mgn Rkhs*
> *...Moi*
> *ho!*
> *! oho*

Psalmodié avec accompagnement des pizzicati de la *ghlune* — musique composée par Sgnff Erll — *Nohwom* est depuis longtemps chéri comme un classique, un des plus beaux *chnts de grok* qui soient.

Georges leva le menton et lança à son image une série de regards sombres et énigmatiques — du genre de ceux dont Paul Newman gratifiait Catherine Ross dans *Butch Cassidy*. Mais sur lui, l'effet fut bien différent. On eût dit qu'il était sur le point d'avoir la nausée. Il se caressa pensivement la moustache, décida brusquement de la laisser pousser. Il tourna la tête à gauche. Puis se regarda par-dessus l'épaule droite. Put ainsi voir une partie de son col et remarqua qu'il était semé de pellicules. Il fit la grimace. T'es qu'un pauvre type, dit-il à son reflet, un individu pitoyable, un médiocre.

Là-dessus sa paupière droite s'abaissa, il se fit un clin d'œil malin, les coins de ses lèvres se retroussèrent en un sourire. Sa paupière se releva pour

---

1. Évoque par le son : « Sans foyer ». *(N. d. T.)*

montrer un œil bleu toujours pétillant. « Qu'ils aillent tous se faire fiche, ces minables », murmura-t-il.

Le loquet de métal de la barrière du jardin cliqueta. Et il entendit les voix geignardes, si familières, hélas! de ses enfants. Ses deux plus jeunes rejetons, des jumeaux, rentraient de l'école. Les yeux de Georges perdirent de leur lumière comme si le courant avait baissé. Furtivement, il fit un pas hésitant en direction de l'escalier et du sanctuaire de son bureau, mais il fut retenu par le fantôme de ces poissons surgelés. La sonnette de la porte d'entrée déchira l'air de ses sons stridents, la boîte aux lettres résonna sous des coups impérieux.

— Ça suffit! hurla Georges.

— B'jour, papa, où est maman? J'ai eu des bons points.

— Menteuse!

— Si, papa, j'en ai eu.

— C'est bien, Katie.

— Qu'est-ce qu'on a à manger? Est-ce que mes comics sont arrivés?

— Du poisson surgelé.

— Encore? Oh, non!

— Miséricorde, accroche ton cartable quelque part, Mike!

— Mais papa on en a déjà mangé hier!

— Suspends le cartable, je t'ai dit. Le pose pas par terre.

— C'est le moment du feuilleton, chiche que j'ouvre la télé!

Bang! Un hurlement.

— ÇA SUFFIT TOUS LES DEUX !

Il y avait un livre ouvert sur le buffet de cuisine. Laissé par Marilyn, sans doute. En attendant que chauffe la plaque de la cuisinière électrique, Georges, découragé, jeta un coup d'œil sur le texte. Des générations d'étudiants avaient souligné des phrases, écrit APPRENDRE ÇA au crayon dans la marge. *Si vous*

nous piquez, ne saignons-nous pas? Si vous nous cha-
touillez, ne rions-nous pas? Si vous nous empoisonnez,
ne mourrons-nous pas? Et si vous nous traitez cruel-
lement, ne nous vengerons-nous pas? Quelqu'un
avait même gribouillé *allons, allons,* au-dessus du
mot *piquez.* A qui s'adressaient ces mots? se demanda-
t-il. Pas à lui, certes. Sur qui pourrait-il exercer sa ven-
geance? En cet instant, il se demandait même s'il
avait encore assez de sang dans les veines pour saigner!

La plaque commença à rougir. Georges mit un morceau de margarine dans la poêle à frire, la regarda
fondre et mousser. Puis il déchira la boîte de carton
contenant des croquettes de morue enrobées de délicieuse et croustillante chapelure dorée. Elles étaient
parfaitement cubiques et ne ressemblaient à aucun
aliment naturel qu'on pût imaginer. Pendant qu'il les
versait dans la graisse fumante et les remuait avec une
cuillère, Georges essaya de se les représenter dans leur
milieu naturel. Des milliers et des milliers de petits
cubes pâles et couverts de miettes entraient en des
grottes aux couleurs d'arc-en-ciel, se faufilaient
parmi les tours et les tourelles à frondes de mystérieux récifs de corail; tout le banc filait çà et là, réuni
en un seul cube, dans sa fuite folle, essayant d'échapper à des cubes prédateurs encore plus gros qu'eux.
Entre-temps, de malins pêcheurs indigènes s'efforce-
raient de les attraper dans des filets à mailles rondes,
parce qu'ils eussent pu nager à travers les carrées.
Voilà, c'était bien ça la sélection naturelle! D'innombrables générations de filets à mailles carrées avaient
aidé à produire ces curieuses petites créatures,
chaque frai successif les rapprochant du cube parfait
jusqu'au jour où — Ecce les croquettes! La réponse
de la Nature au filet à mailles carrées! Ce concept
le ravit.

— Venez manger! hurla-t-il, pour couvrir le bruit
des tempêtes de rire en conserve qui lui parvenait de
la télévision du salon.

— Tu ne peux pas l'apporter ici, papa? On regarde le feuilleton.

Georges savait comment répondre à celle-là. Il leva la main vers le compteur au-dessus de la cuisinière et abaissa l'interrupteur. Il y eut des gémissements d'angoisse dans le salon.

— Papa, la télé marche plus!

— Encore des coupures de courant, dit-il, avec compréhension. Allez donc vous laver les mains, elles sont dégoûtantes.

Les cordes de la *ghlune* rebelle frémissaient encore de façon inaudible quand Orgypp baissa ses bras tendus et les croisa sur sa poitrine.

— Qu'est-ce que cela signifie? murmura-t-elle craintivement. Qui est Dieu?

— C'est le *oho* des Derriens, dit Zil. Je l'ai inventé.

— Je ne comprends pas, fit Orgypp, levant lentement la tête.

— Moi non plus, avoua-t-il. Pourtant, cette voix...

— Oui?

— C'est celle de Chorge. Il se toucha le front du bout des doigts. Je l'ai si souvent entendue dans ma tête, Orgypp. Je ne peux me tromper.

Le silence se fit dans le patio. Le disque argenté d'Oéneune s'éleva dans les cieux chnassiens. Ses rayons glissèrent comme des chats sous les arcades et projetèrent des ombres timides sur les mosaïques des sols. Orgypp frissonna.

Zil étendit le bras à travers le miroir, la toucha doucement à l'épaule.

— Viens, dit-il, remets ta robe. Nous allons consulter Sng Rmh.

Le courant « revint » après le thé. Juste à temps pour que Mike et Katie puissent regarder le deux cent quarante et unième épisode de *Patrouille de l'espace*.

Georges empila les assiettes sales dans l'évier, alla chercher son paquet de cahiers dans l'entrée et monta lourdement au premier étage. Quand il posa le pied sur le palier, il entendit une voix américaine crier en bas : *Le générateur de champ de force à bâbord a sauté, captain!*

— Nom d'une pipe, ferme cette porte, Mike, hurla-t-il, et baisse le son!

— Scuse-moi, papa.

Une porte claqua.

Georges eut un soupir, et entra dans la minuscule pièce qui lui servait de bureau. Quand la serrure cliqueta derrière lui et qu'il respira l'atmosphère familière, dont il reconnut l'odeur de renfermé, il fut envahi par un sentiment qui ressemblait assez à de la sérénité. Il laissa tomber la pile de cahiers sur la table, fit deux pas jusqu'à la fenêtre et regarda dehors. Au nord-est, au-dessus d'un amoncellement de nuages en forme de choux-fleurs, un gros avion à réaction descendait comme un requin au ventre plein vers l'aéroport de Gatwick. Il le suivit des yeux jusqu'à ce qu'il disparût. Dans un des jardins appartenant à une rangée de maisons identiques parallèle à Laburnum Crescent, une femme rousse étendait sa lessive sur une corde à linge tournante. Deux jardins plus loin un vieil homme démontait systématiquement une série de cloches de plastique. Georges les examina un instant, l'air morose et se rendit compte qu'il ne connaissait même pas leurs noms. Mme X et le vieux M. Y. Étaient-ils heureux? Mouraient-ils lentement, douloureusement, d'un cancer? Avaient-ils l'esprit dérangé? *Existaient-ils* vraiment?

— Nom d'une pipe, Cringe, murmura-t-il, ce qu'il te faut, c'est un verre de quelque chose.

Il descendit rapidement au salon, alla vers le buffet où ils rangeaient leur maigre provision d'alcools et se versa un bon whisky.

— Oh, papa! Qu'est-ce qu'elle va dire, maman!

s'exclama Katie, douze ans, en lui faisant les gros yeux pour montrer sa désapprobation.

Georges revissa le bouchon sur la bouteille, la remit dans le buffet.

— Et comment se débrouille le captain Crap, les enfants? demanda-t-il cordialement.

— Gurk, le corrigea Katie. C'est le captain Gurk.

— Oui, oui, bien sûr. Gurk. Le seul éclaireur de l'espace qui marche à la pile atomique. Je bois à sa santé. Il porta le verre à ses lèvres et but une gorgée. Et qu'il continue longtemps à se promener dans les étendues célestes.

— Oh, tais-toi, papa, je peux pas entendre ce qu'y dit.

— Mille excuses, mon fils. Ton père est un peu parti, et il se taille.

De retour dans son bureau, Georges posa son verre au milieu de la table et s'assit dans le fauteuil.

— Allons, allons, Cringe, du cran, réveille-toi, se murmura-t-il. Et il but une autre gorgée de whisky avant d'ouvrir le cahier qui se trouvait sur le haut de la pile. *L'astronomie,* lut-il, *est la sience des cors ceilestes.* C'était l'exercice qu'avait donné Jennifer Lawlor à la classe de seconde. A ce propos, d'ailleurs, n'avait-il pas promis de lui trouver des lentilles et autant de tubes de cartons qu'il pourrait en dénicher? Bonne chance, Jenny. Il se rappela le dessin, plongea la main dans sa poche intérieure, et en sortit la feuille de papier pliée en deux. *G.H.C. + J.V.L.* Il la déplia, l'examina une fois encore, tout en se demandant, en manière de parenthèse, pourquoi il n'avait jamais trompé sa femme. Le manque d'occasions, simplement? Une défaillance de la libido? Ou quoi? En fait, il ne pouvait s'imaginer dans le rôle du mari infidèle. Et pourtant, c'eût été outrepasser les bornes de la vérité que de décrire Margery comme la nymphomane de Laburnum Crescent. Un petit galop une fois tous les quinze jours, quand il avait de la chance. Pour elle, c'était comme de distribuer des biscuits au chien. Si tu es bien gentil, Fido, on verra. Non, pas ce soir, Georges, je suis trop fatiguée. Qu'est-ce que ça veut dire, trop fatiguée? Tu es toujours trop fatiguée. Tu verrais, toi, si tu devais t'occuper des gosses, et de Mémé, et faire le ménage, et la lessive, et les courses et... et...

— Ô mon Dieu, murmura encore Georges en levant la tête pour regarder la fenêtre, l'air lugubre. Je ne crois pas qu'au cours de toute sa fichue vie, elle ait jamais eu une seule fois envie de faire l'amour.

Le conseiller Sng Rmh habitait le sanctuaire municipal, dans le parc de Vohl. Il était servi par une succession de suivantes, des jeunes femmes à qui, en échange, il enseignait l'étiquette et le maintien rituel. Il leur apprenait également à jouer de la *ghlune*. En outre, il élevait des *rrons*. Il avait cent quatre ans (chnassiens), ce qui fait à peu près trois cent cinquante années terriennes. C'était l'un des plus jeunes conseillers de Chnas.

Quand Zil et Orgypp furent introduits, sur la pointe des pieds, en sa présence, ils trouvèrent le conseiller à demi couché sur des coussins recouvrant un haut banc à dossier en bois de *chn* sculpté. Deux grandes bougies à la lumière étoilée scintillaient dans des candélabres d'argent, et projetaient de fantastiques bannières d'ombre sur les tapisseries. Sng Rmh portait une volumineuse robe céleste couleur indigo, sur laquelle les trente-deux signes du zodiaque chnassien avaient été exquisément brodés en fils d'or et d'argent. Sur sa tête était perché le haut bonnet conique des conseillers. Ses longs cheveux d'un blanc de neige tombaient sur ses épaules comme un châle de brume et se mêlaient inextricablement au nuage d'argent de ses favoris. Sur ses genoux reposait une antique *ghlune*. Et ses longs doigts couverts de bagues voltigeaient au-dessus des cordes comme de fraîches flammes.

Zil et Orgypp observèrent le rituel raffiné prescrit pour une consultation, puis s'agenouillèrent sur les coussins, qu'une suivante silencieuse avait préparés pour eux. Un gros *rron* noir d'ébène, couché en rond aux pieds de son maître, se réveilla, s'étira voluptueusement, se laissa glisser du banc et vint silencieusement vers eux. Du bout des doigts, le vieil homme répandit, comme une bénédiction, les gouttes limpides des notes de sa *ghlune* et son ombre énorme fit sur le mur couvert de tapisseries un signe de tête approbateur.

— Je vous salue au nom de *oho,* mes enfants.

Sa voix était comme le sable murmurant dans le désert de Frg, comme le ressac déferlant sur les lointains rivages de Knyff, comme une brise capricieuse soufflant dans les forêts parfumées de Nr.

Zil et Orgypp s'inclinèrent, touchèrent du front le sol poli. Le *rron* vint les flairer tour à tour, puis ondula entre eux et disparut dans l'ombre.

— Salut, Conseiller, murmurèrent-ils à l'unisson. Nous sommes venus boire à la fontaine de sagesse.

La vieille tête se pencha d'un côté, et sous les sourcils les brillants yeux bleus, tel un lambeau de nuage printanier, scintillèrent, pleins de sagacité.

— Zil Bryn?

— C'est moi, Conseiller.

— Et la petite Orgypp aussi? Qu'est-ce qui vous amène ici, fleur de *thoth*?

Orgypp et Zil se relevèrent, se regardèrent. Avant qu'ils pussent parler, Sng Rmh murmura : « Un instant. » Il ferma les yeux, parut écouter le silence, puis hocha la tête. Ses doigts allèrent vers les cordes de la *ghlune* et l'air tranquille frémit quand s'éleva la belle mélodie désespérée, *Nohwom*.

Orgypp et Zil l'avaient entendue bien des fois, mais jamais aussi exquisément jouée. Quand s'éteignirent les dernières notes, Orgypp avait les yeux humides de larmes.

— Vous nous ouvrez la porte des trésors de la *hwyllth,* murmura-t-elle, cela me brise le cœur.

— Vous avez apporté *Nohwom* avec vous petite Orgypp, je n'ai fait que l'emprunter et vous la rendre. Pourquoi êtes-vous si triste?

Hésitant, trébuchant sur les mots, revenant en arrière pour retrouver des fragments oubliés de l'histoire, Orgypp raconta au vieil homme ce qui les amenait au sanctuaire.

Sng Rmh l'écouta, tranquille comme la pierre, et le regard brillant de ses yeux vifs comme ceux d'un oiseau allait d'un visage à l'autre. Quand Orgypp eut terminé, il leva la main, plia le petit doigt et alla distraitement chercher un peu de cire dans son oreille droite.

— Vous me dites que ces champignons ont été cueillis à Knyff?

— Oui, Conseiller.

— Décrivez-les-moi.

— Ils sont jaunes avec des points bleus et le plus gros est large à peu près comme ma paume, répondit Orgypp en tendant la main.

— Et la voix, fit le vieil homme, hochant la tête, vous l'avez entendue tous les deux?

— Oui, Conseiller.

— Et vous m'affirmez que vous l'avez reconnue?

— J'en suis sûr, dit Zil. C'était la voix de Chorge Gringe. Mais Chorge n'existe pas.

— Tout existe en *oho,* répliqua calmement Sng Rmh.

Zil inclina humblement la tête.

— Nous ferions mieux de ne pas l'oublier, reprit le vieil homme. Une légende nous conte qu'autrefois, il y a très longtemps, quand Chnas était jeune, surgirent en notre sein des hommes qui affirmèrent que nos cinq sens étaient la mesure de toutes choses. Selon leur doctrine, tout aspect de *oho* qui ne pouvait être vu, entendu, touché, senti ou goûté n'existait pas.

Ils prirent le nom de *Rlists* et pendant bien des
années eux et leurs enseignements furent adorés
comme s'ils étaient *oho*. Et quand, dit la légende,
oho, dans son humour infini, décida de nous révéler
les secrets du *gryllook*, ces malheureux fanatiques
refusèrent de reconnaître ce don et affirmèrent que
le *gryllook* était physiquement impossible et donc
ne pouvait exister.

— Que leur est-il arrivé, Conseiller?

— Leur histoire est enveloppée d'obscurité,
Orgypp. Mais selon la légende, ils se retirèrent
dans le désert de Frg et se mirent à construire un
extraordinaire navire qu'ils nommèrent un « ves-
sospatial ». On dit que par la forme il ressemblait à
un énorme *thrunng* rampant — ce qui n'est sans
doute pas entièrement faux, étant donné que les
Rlists se qualifiaient fréquemment, dit-on, de
« semence de *oho* ». Quand ce vaisseau fut terminé
— et il fallut plusieurs générations pour le construire —
ces hommes et leurs disciples montèrent à bord,
secouèrent de leurs chaussures la poussière de Frg
et partirent vers les cieux accompagnés d'un bruit
de tonnerre. Les derniers mots de leur chef furent
« A Dieu gogos. »

— Qu'est-ce que cela veut dire? s'enquit Orgypp.

— C'est là la question. On pensa généralement que
c'était une sorte d'invocation à la chance, mais
comment en être sûr?

— Et que leur arriva-t-il, Conseiller?

— Pendant un certain nombre d'années, ils voya-
gèrent sans encombre, bien qu'avec une extrême
lenteur, en allant plus ou moins vers le Grand *Rron*.
Nos ancêtres, qui connaissaient déjà à fond la
technique du *gryllook*, purent rester en contact avec
leur vaisseau, mais sans pouvoir communiquer avec
les voyageurs eux-mêmes.

— Pourquoi cela, Conseiller?

— Parce que les *Rlists* refusèrent tout simplement

de reconnaître notre existence. Ils persistèrent dans leur opinion : le *gryllook* était une impossibilité et nous-mêmes des hallucinations. Nous espérâmes qu'en s'obstinant dans leur folie, ils finiraient par s'assagir. Mais avant que cela pût se produire ils eurent le singulier malheur de rencontrer une oscitation transitoire dans le voisinage de Hrk et nous ne pûmes jamais les retrouver.

— Les pauvres, murmura Orgypp au cœur tendre. Je me demande ce qui a pu leur arriver.

— *Oho* seul le sait, mon enfant. Ceux qui ont pénétré dans une oscitation n'ont jamais pu réussir le *hwoming*.

— Mais pourtant, Mgn Rkhs?

— C'est l'exception qui confirme la règle, et d'ailleurs, si j'ose dire, il a drôlement bousillé son affaire.

— Et le Chorge de Zil, conseiller?

— Quoi? Hum, hum, grogna le vieil homme. J'espérais que vous l'auriez oublié. Le mieux est l'ennemi du bien. Je vous conseille de repartir chez vous, de passer une bonne nuit de *grok* et de revenir me voir la semaine prochaine s'il vous inquiète toujours. Oh, à propos, vous feriez mieux de ne plus manger de ces champignons. Vous ne voudriez pas avoir une éruption de points bleus, n'est-ce pas?

Il leur sourit. L'audience était terminée.

Mémé avait eu de la chance au bingo et elle avait gagné quatre coquetiers en plastique rose. A considérer sa mise de fonds, Margery calcula que chaque coquetier lui coûtait à peu près six fois le prix ordinaire dans le commerce. Elle ne fit pas ce calcul pour contrarier sa mère, mais simplement parce que c'était ainsi que fonctionnait son esprit. Néanmoins, la vieille dame considéra la chose comme un affront, bouda tout au long du chemin et se plaignit que ses chaussures étaient trop étroites. C'était sa manière à elle de prendre sa revanche sur sa fille qui lui avait

acheté cette paire de chaussures en solde à peine
une semaine auparavant. Quand elles arrivèrent
devant le numéro 27 de Laburnum Crescent, on
pouvait affirmer que la situation entre elles était
nettement tendue. Margery enfonça la clef dans la
serrure, la fit tourner violemment, et poussa la porte
sans ménagement. La première chose qu'elle vit fut
l'imperméable de Georges, qui était tombé de la patère
surchargée de vêtements.

— Mais pourquoi donc suis-je la seule personne
de la famille à savoir suspendre quelque chose conve-
nablement? demanda-t-elle avec emphase, d'une
« voix dolente », comme disait sa famille. Je ne sais
pas, non vraiment, je ne sais pas.

Mémé entra en clopinant dans le vestibule, s'effondra sur la première marche de l'escalier avec un
gémissement théâtral et ôta une chaussure.

— Voilà, je te l'avais bien dit, déclara-t-elle, triom-
phante. J'ai une ampoule de la taille d'une pièce de
cinq francs. Viens toucher ça, tu verras.

La porte du salon s'ouvrit et Katie apparut.

— B'jour maman, b'jour Mémé. J'ai eu quatre bons
points.

— Va chercher les pantoufles de Mémé, mon chat.

— J'ai eu quatre bons points, maman.

— Où les as-tu laissées, Mémé? Je crois qu'elles
sont sous son lit. Papa vous a fait manger?

Katie disparut, fâchée, en relevant le menton.

— Qu'est-ce qui lui prend? fit Margery avec un
soupir.

— Où est Georges? demanda Mémé. Je voudrais
qu'il voit cette ampoule.

— Allons, maman, lève-toi, donne-moi ton manteau
que je le suspende.

— J'y arriverai bien toute seule, je ne suis pas
encore sénile.

— Personne n'a dit que tu l'étais. Katie! Tu
apportes ces pantoufles?

— Tu as la voix perçante, Margery. On ne te l'a jamais dit? Oui, perçante. Tu glapis. Ton père appelait ça une voix de crécelle.

— J'en suis désolée.

— A vrai dire, ce n'est pas entièrement de ta faute. Cela vient plutôt de la forme de ta poitrine. Plus elle est plate, plus la voix est aiguë. C'est ce que disait ton papa.

— Maman, tout ça c'est des sottises.

— Peut-être bien que oui, peut-être bien que non. En tout cas, c'est pas la peine de te fâcher.

— Je ne suis pas fâchée. D'ailleurs, je ne savais pas que j'avais la poitrine plate!

— Bon, en tout cas, tu as une voix de crécelle, y a pas à s'y tromper.

Katie réapparut avec les pantoufles et les tendit à sa grand-mère, qui les reçut avec son sourire le plus doux.

— Merci, ma belle. Cela ne t'a pas dérangée de faire un petit quelque chose pour ta vieille Mémé?

— Mais non, Mémé.

— Où est papa, Katie?

— En haut, je suppose.

— *Georges, nous sommes là!*

— J'ai eu quatre bons points cette semaine, Mémé.

— Vraiment, mon petit chat! Comme tu es intelligente! Quatre bons points! Viens ici, que ta vieille grand-mère t'embrasse. Devine — ta pauvre vieille Mémé a gagné un prix au bingo.

— C'est pas vrai, Mémé? Qu'est-ce que c'est? Montre-moi.

Margery aperçut son image pâlotte dans la glace, redressa les épaules, essaya bravement de sourire.

— Demain, se jura-t-elle, je me paie un soutiengorge neuf. Ah! mon Dieu, je voudrais bien ne pas être si lasse.

Les basses terres de Knyff, écrivait Georges, *avaient*

produit en leur temps bien d'étranges végétations, mais aucune plus étrange que le champignon sulfureux de Cryth.

Il relut la phrase, barra « produit », écrivit à la place « donné naissance », puis suça le bout de son stylo à bille et regarda distraitement le paysage de toits de sa banlieue. Une illustration d'un livre de contes du temps de son enfance lui revint à la mémoire — un gnome au long nez, au chapeau vert, était assis sur le seuil d'une petite maison qu'il avait construite à l'intérieur d'un champignon. Lequel champignon était d'un jaune éclatant avec des points bleus. Georges se pencha de nouveau sur son cahier. *Car, aussi loin que portait la vue, des milliers et des milliers de petits globes d'un jaune éclatant sortaient du sol spongieux comme...* Nouvelle pause. Comme quoi? Des œufs? Non, il voulait quelque chose de plus *actif.* Des pouces? Non, quand même. Pourquoi pas des petits yeux?

— *Georges! Le téléphone!*

— Oh, la barbe, grommela Georges. Et il répondit avec irritation : Bon, bon, j'arrive.

Jennifer Veronica Lawlor qui venait d'obtenir (de justesse) sa licence ès sciences, était la plus jeune fille de James Claypole Lawlor (médecin) et de Winifred Lawlor (infirmière de 39 à 46). Allongée sur le divan de son petit studio, elle approcha de son oreille gauche le récepteur rouge du téléphone, releva sa jupe, glissa la main gauche sous la bande élastique de son collant et se gratta l'aine pensivement. Un agrandissement de deux mètres carrés d'une photo de l'œil droit de Che Guevara la regardait sans curiosité, sur le mur en face du lit.

— Allô? Ici Cringe.

— Georges? C'est Jenny. Jenny Lawlor. Écoutez, qu'est-ce que vous faites ce soir?

— Eh bien, heu... rien de particulier. Pourquoi?

— Je viens juste de découvrir que le ciné-club du collège présente à huit heures trente un programme de science-fiction. Ils ont ce truc de Chris Meeker dont je vous ai parlé, et deux courts métrages tchèques. Vous voulez venir?

— Mais je ne suis pas membre du club.

— Vous serez mon invité.

— Oh, mais êtes-vous sûre que... je veux dire, je ne voudrais pas vous...

— Mon idée n'a pas l'air de vous enthousiasmer.

— Oh si! Mais c'est que je ne m'attendais pas... vous m'avez pris à l'improviste et...

— Bon, alors c'est entendu. Rendez-vous à sept heures et demie au *Char à foin*.

— Où est-ce?

— Au coin de la rue Colbert et de l'allée du Prince. Vous connaissez bien le *Char à foin?*

— Oh, oui. D'accord. A sept heures trente. Merci infiniment. Ce sera un vrai plaisir pour moi...

— Voilà qui est mieux. Je ne vous arrache pas aux félicités conjugales, ou quelque chose?

— Non, non. Rien de prévu ce soir. J'imagine qu'ils seront tous contents de me voir partir.

— Eh bien, mais vous vous sous-estimez, monsieur Cringe. Au revoir.

Jenny posa le récepteur sur la fourche, bâilla et regarda sa montre. Elle s'assit alors, prit sur un rayon de la petite bibliothèque encastrée dans le mur un gros volume ayant pour titre *Physique (cours moyen),* glissa la main par l'ouverture ainsi faite dans la rangée et trouva une boîte carrée, d'où elle sortit un carnet de papier à cigarettes. Elle en détacha une feuille, posa dessus une herbe grisâtre et quelques brins de tabac. Après quelques tentatives maladroites elle réussit à rouler une cigarette bizarre de ce mélange suspect, lécha le papier, le colla et en tortilla les deux bouts. Cela fait, elle referma la boîte, la remit dans sa cachette. Elle se leva alors, alla fermer la porte à clef, posa enfin sur son électrophone le disque de Simon et Garfunkel, *Bridge over troubled water*. Quand les premiers accords s'élevèrent, elle alluma sa cigarette, en aspira une bonne bouffée, puis, allongée sur le divan, elle s'abandonna aux vibrations, bonnes ou mauvaises qui l'entouraient.

— Qui était-ce? demanda Margery.

Georges entra dans la cuisine, vit que sa femme était occupée devant l'évier.

— Oh! Sam Mostyn.

— Je n'ai pas reconnu sa voix quand j'ai répondu.

— Jenny Lawlor a appelé, puis elle me l'a passé.

— Qu'est-ce qu'il voulait?

— Me dire de ne pas oublier la réunion des professeurs ce soir à l'Institut technique.

— Tu ne m'en avais pas parlé.

— Mais je ne t'ai pas encore vue depuis que tu es rentrée. Ça a marché, le bingo?

— Quelle question!

— Mémé était de mauvaise humeur?

— Pas plus que d'habitude.

— C'est déjà quelque chose. Veux-tu boire un verre?

— Non merci. Je suis même étonnée qu'il en reste.

En Georges, l'étincelle de remords s'éteignit brusquement.

— Vaut mieux que j'aille dénicher les documents qu'ils m'ont envoyés. Je mangerai quelque chose quelque part.

— A quelle heure rentreras-tu?

— Assez tard. Il y aura sûrement une discussion; inutile de m'attendre.

— Ce n'était pas mon intention.

Margery se pencha pour prendre un paquet de détergent dans l'armoire sous l'évier. Ses cheveux tombèrent en avant et laissèrent voir sa nuque, les lobes de ses oreilles. Georges ne s'en aperçut même pas.

Main dans la main, Zil et Orgypp rentrèrent chez eux au clair de lune, en traversant le parc de Vohl. Dans les corbeilles, les belles-du-crépuscule s'étaient ouvertes et luisaient somptueusement dans l'ombre, alourdissant l'air chaud de leur parfum mystérieux et languide. Au-dessus de leurs têtes le ciel semé d'étoiles ressemblait à une immobile tempête de neige.

— Sng Rmh ne nous a pas crus, Zil.

— Qu'est-ce qui te fait dire cela, Orgypp?

— Il a pensé que tout venait des champignons.

— C'est peut-être vrai.

Orgypp leva le visage, regarda le ciel.

— Chorge est là-haut, quelque part, Zil. Je le sais.

— Cela voudrait dire que la Derre est aussi là-haut.

— Eh bien, mais pourquoi pas? Sng Rmh n'a pas dit que c'était impossible, n'est-ce pas?

— Il a seulement dit : *Tout existe en oho*.

Orgypp s'arrêta brusquement, saisit le bras de Zil.

— Mais bien sûr! s'exclama-t-elle. Pourquoi n'y avons-nous pas pensé plus tôt?

L'expérience avait appris à Zil à se méfier des inspirations d'Orgypp.

— Pensé à quoi? demanda-t-il, mal à l'aise.

— Il peut venir grâce au *gryllook!*

— Qui?

— Mais Chorge, naturellement!

— Impossible! Aucun Derrien ne peut se déplacer par le *gryllook,* tu le sais bien.

— Mais seulement parce que tu ne les as pas faits comme ça, Zil. Tu peux rentrer à la maison et écrire ça dans ton livre. Alors, Chorge pourra venir sur Chnas.

— Orgypp, tu es folle. Chorge est déjà ici. *Là,* dans ma tête. C'est ce que Sng Rmh voulait dire

quand il a affirmé qu'il existe en *oho. J'existe en oho,*
donc Chorge s'y trouve aussi.

— Alors, pourquoi l'ai-je entendu dans le miroir
du ciel?

— Je ne sais pas.

— Tu l'as entendu aussi, Zil.

Zil resta muet.

— Oui ou non?

Pas de réponse.

— Zil?

— Oui, fit-il avec un soupir. Je l'ai entendu, Orgypp.
Aussi clairement que je t'entends à présent.

Le Char à foin était le pub préféré des étudiants de
l'université, tout simplement parce qu'il était le plus
proche des portes du campus. Il n'avait point d'autres
agréments, à moins que par hasard on ne s'intéressât
aux méthodes de la police anglaise. Pendant la
période des cours, cette bonne police y faisait une
descente deux fois par mois, en moyenne, et les
policiers du coin, avec une certaine affection, appelaient leurs incursions « la tournée du laitier ».

Georges parvint à faire entrer la Mini familiale
âgée de six ans dans le parc de stationnement « réservé
aux clients », coupa l'allumage et regarda la porte du
bar. Il éprouvait un sentiment d'appréhension hors
de toutes proportions avec la faute commise, autrement dit le mensonge fait à Margery. Vouloir « vivre
sa vie » était une excellente chose à condition de
savoir s'y prendre. Il se rappela la phrase inachevée sur son bureau, puis la chassa de ses pensées.
Ô connaître une existence faite de sensations et
non d'idées! Soudain résolu, il ouvrit brusquement
la portière, descendit d'un bond, et traversa à
grands pas, l'air décidé, l'asphalte semé de flaques
d'eau.

Le bar n'était que bruits, barbes et colliers de
perles diverses. Georges se faufila au milieu de tout

cela, demanda une bouteille de bière et scruta l'ombre pour découvrir Jenny.

— Bonsoir papa! Ça alors, te rencontrer ici!

Georges se retourna si vivement qu'il faillit envoyer sa bière dans le décolleté du caftan de sa fille aînée.

— Marilyn!

— Alors, on traîne dehors la nuit?

— J'ai juste rendez-vous avec des collègues. Je ne savais pas que tu fréquentais cet endroit-là.

— Je n'y viens pas souvent, à vrai dire. Keith, c'est papa. Papa, je te présente Keith.

— Bonsoir.

— Bonsoir.

Des yeux de mâles se rencontrèrent par-dessus le gouffre. Il y eut deux sourires timides. Les regards se détournèrent.

— Avec qui t'as rendez-vous?

— Avec M. Mostyn et Mlle Lawlor, fit Georges cherchant à gagner du temps.

— Je les connais?

— Non, je ne crois pas. Ils n'étaient pas au collège de ton temps. Une pause : un véritable hiatus. Bon, eh bien, je suppose que je ferais mieux d'essayer de les trouver. Amuse-toi bien.

— A bientôt, papa.

Georges les quitta avec un sourire d'excuse et se faufila hors du bar, persuadé que Marilyn ne parlerait pas à Margery de leur rencontre, parce qu'elle ne lui disait quasiment jamais rien. Il se rappela avec un frisson le jour malheureux où sa femme avait découvert que sa première-née prenait la pilule et où elle l'avait forcé à « aller lui parler ». Affreusement gêné, il avait marmonné diverses choses et par miracle, lui semblait-il, ils avaient fini par se comprendre. Le principal résultat de cette entrevue avait été l'ouverture d'un compte-chèque postal au nom de sa fille et une petite pension de cinquante livres par an, versée en deux fois. Ce n'était certes pas ce qu'avait espéré

Margery. Mais cela avait acheté momentanément la paix du ménage, une provision régulière de *Nonova,* et une tolérance mutuelle qui avait rendu supportable la vie de famille.

Jenny fit son apparition à huit heures moins le quart. Elle avait noué ses longs cheveux en arrière et portait un vêtement tombant jusqu'aux chevilles et qu'on eût dit fait de la peau d'un rhinocéros laineux et albinos.

— Ça vous plaît? demanda-t-elle.

— Oui, répondit galamment Georges. Cela me rappelle *Le Docteur Jivago.* Que voulez-vous boire?

— Une vodka-citron, je vous prie.

Quand il revint avec son verre ce fut pour la trouver plongée dans une conversation animée avec un grand individu aux cheveux plats qui clignaient incessamment les yeux derrière une énorme paire de lunettes à monture d'acier. Jenny le lui présenta. Wendell Hammerstein. Il saisit la main de Georges, la lui serra avec une énergie surprenante.

— Enchanté, Cringe.

— Moi aussi, fit aimablement Georges.

— Y me plaît! cria Wendell. Il a de bonnes vib.

Jenny déboutonna son manteau. Assez bas pour révéler que là-dessous elle portait au moins une blouse transparente. Mais pas de soutien-gorge. Il parut à Georges que la salle devenait soudain très chaude. Il espéra que Marilyn avait déjà quitté les lieux. Il se tourna vers Wendell, comme on se raccroche à un brin d'herbe.

— La science-fiction vous intéresse, Hammerstein?

— Plutôt, oui, Cringe.

— Wendell en écrit, fit Jenny.

— Oh! dit Georges, sentant qu'on l'avait fait échec et mat à peine son premier pion avancé. Êtes-vous à l'université?

— J'y vais de temps en temps, Cringe.

— Il prépare son doctorat de philo, dit Jenny. Une thèse sur la porno.

— La pornographie?

— L'érotisme, Cringe.

Georges but une longue gorgée de bière et fut saisi d'un fou rire irrésistible.

— Qu'est-ce qu'y se passe, mon vieux? s'enquit Wendell.

Georges secoua la tête, l'air de s'excuser.

— Vous avez une bourse?

— Oui, de la Fondation Roosevelt.

— Ils *savent?*

— Ils savent quoi?

— Ce que vous faites.

Wendell clignota des yeux comme un stroboscope.

— Mais mon vieux, c'est *eux* qu'ont choisi le sujet *pour* moi. Je leur avais proposé le symbolisme inconscient dans l'œuvre de Beatrix Potter.

— Et ils ont refusé?

— Un autre avait déjà eu cette idée.

— Pas de chance!

— C'est la vie, mon vieux, de la merde, le plus souvent, fit Wendell en hochant la tête. Bon, à tout à l'heure. Il les quitta à reculons et disparut bientôt dans la foule.

— Quel est son pseudonyme?

— Je ne sais pas, je n'ai jamais rien lu de lui.

— Il fait vraiment une thèse sur la porno?

— Oh, mais oui. Il vient juste de rentrer du Danemark.

— Il y est allé pour ses travaux pratiques?

— Oui, si on veut. Il m'en parlait, justement. On lui a confisqué ses diapositives à Harwich et il faut qu'il embobine la fac pour qu'ils lui donnent une autorisation signée disant qu'il est bien un étudiant et qu'il fait des recherches, sinon on les lui rendra pas. Elle glissa une main dans sa poche, en tira une pièce d'une livre et la lui tendit. Encore un verre chacun, c'est moi qui paie. Après, vaudra mieux partir.

Sng Rmh posa la *ghlune* dont il pinçait les cordes pensivement depuis le départ de Zil et Orgypp. Il se tourna, leva la main, écarta les tapisseries et tira sur le gland d'un cordon dissimulé derrière. Une clochette tinta dans les profondeurs du sanctuaire. Les deux suivantes, Sylf et Ptl, se regardèrent.

— C'est ton tour, dit Sylf.

La clochette tinta de nouveau.

— Allons-y toutes les deux, cela vaudra mieux, dit Ptl. Emmenons-le aussi, à tout hasard.

Sylf se baissa, prit dans ses bras le *rron* qui eût préféré continuer à dormir et elles sortirent à la hâte.

Quand elles entrèrent dans la salle des conseils elles trouvèrent le vieil homme en train d'arpenter la pièce. Elles firent une révérence pour la forme et le *rron* en profita pour s'échapper des bras de Sylf.

— Maître? demandèrent ensemble les deux suivantes d'une voix harmonieuse.

— Excusez-moi de vous déranger, chères enfants, mais j'ai besoin de votre aide. Il faut que je consulte les *rhns*.

Sylf et Ptl se jetèrent un coup d'œil furtif tout en gémissant intérieurement.

Sgn Rmh arrêta ses allées et venues et se frotta les mains avec entrain.

— L'influence me semble remarquablement forte, aussi ai-je envie de me dispenser des préliminaires et de commencer tout de suite le travail. Ptl, cours me chercher le surtout, tu seras gentille. Sylf, tu peux préparer les bougies.

Les deux jeunes filles, diablement soulagées d'apprendre que le terrible ennui qu'entraînait un complet examen rituel des *rhns* leur serait épargné, se hâtèrent de faire ce que leur demandait le vieil homme, tandis qu'il se dépouillait en un tournemain de sa robe céleste ouatinée. Il se mit ensuite à faire un peu de gymnastique, termina par trois entrechats, toucha ses orteils sans plier les genoux, montrant ainsi qu'il était en excellente condition physique et possédait une vitalité remarquable.

Ptl revint, portant un grand plat creux en étain. La surface intérieure en était divisée en un pentacle ciselé dont chaque partie contenait un chiffre *rhnique*. Au milieu du pentagone central se trouvaient cinq galets ronds colorés. En travers du plat on voyait deux longues plumes de la queue d'un *trll* mâle. Ptl plaça le surtout par terre, prit les galets et les tendit à Sng Rmh, qui transpirait abondamment après ses exercices.

Sylf avait disposé cinq bougies dans cinq hauts bougeoirs de fer et les avait placées à égale distance du plat. Elle alla souffler celles qui se trouvaient dans les appliques murales et revint auprès de Ptl.

Sng Rmh regarda tout cela d'un œil scrutateur, changea légèrement de place une des bougies, hocha la tête, et s'assit les jambes croisées devant le surtout. Sylf et Ptl s'agenouillèrent de chaque côté de lui et prirent une plume de *trll*.

Sng Rmh plaça les galets de couleur sur sa paume, leva la main, et les lança dans sa bouche.

Il croisa les doigts, leva les bras, inclina la tête. Le gros orteil de son pied droit s'agita, pour montrer qu'il était prêt.

Sylf et Ptl se mirent à rire, firent tourner les plumes qu'elles tenaient et chatouillèrent la chair nue du vieil homme. Aucun endroit n'échappa à leur exploration effrontée. Actives comme des abeilles, elles voletèrent çà et là, s'attardant dans les coins ombreux, caressant les extrémités nerveuses sensibles jusqu'à ce que le vieil épiderme commence à se contracter, à frissonner, à se rider, tous signes indiquant qu'allait naître une crise de fou rire. Les joues de Sng Rmh tremblotèrent,

il renifla. Le bout de la plume de Ptl lui caressa le nez
puis s'introduisit malicieusement dans sa narine
gauche. Au même instant celle de Sylf grimpait sous
son menton et montait jusque dans son oreille droite.
Sng Rmh se gonflait, s'agitait comme un ballon captif.
Les deux jeunes filles éclatèrent de rire en même temps
et de leurs mains libres touchèrent le bout des *thrunngs*
crispés de leur maître. Le conseiller, qui n'en pouvait
plus, éclata lui aussi de rire.

— Oho! hurla-t-il. Oho-ho! Ha ha! Hi hi!

Les galets furent expulsés de sa bouche comme
mitraille et tombèrent bruyamment dans le plat. Ils
y restèrent sans qu'on s'occupât d'eux, tandis que
Ptl et Sylf, totalement saisies par l'esprit de la chose et
désireuses de bien servir leur maître se jetaient sur lui.
Il tomba en arrière, roula sur le sol, serrant contre lui
les deux jeunes filles, et se mit à gigoter, s'abandonnant
à la joie *ohoienne* au point que des larmes jaillirent
de ses yeux.

Le *rron,* qui avait tout observé, et qui avait déjà
vu cela bien des fois, de toute façon, bâilla d'un air
dédaigneux, se lécha la patte et lissa ses oreilles.

Le trio finit par se calmer et s'essuyer les yeux.
Ptl rampa vers le banc, revint avec la robe ouatinée
et le chapeau pointu de son maître. Riant, reniflant,
les deux suivantes réussirent à le rhabiller, à le bou-
tonner. Il les embrassa toutes deux, eut un profond
soupir, et se pencha sur le plat.

Comme si les doigts d'*oho* lui-même les retenait,
les cinq galets s'étaient posés chacun à un bout des
cinq branches de l'étoile.

Sng Rmh les regarda, n'en pouvant croire ses yeux.
En toute une vie de divination, il n'avait jamais vu les
galets se placer ainsi. Aucun autre devin non plus,
sans doute. Il était dans la nature des cailloux du *rhn*
de rechercher le point le plus bas du surtout et voilà
qu'ils semblaient collés tout en haut! Collés? Il tendit
la main avec précaution, prit le galet le plus proche

de lui, et l'examina. Il était encore légèrement humide de salive, mais n'offrait rien d'anormal. Il le laissa tomber au fond du plat, et il se mit immédiatement à rouler vers le haut jusqu'à ce qu'il se retrouve niché dans le coin d'où on l'avait enlevé.

— Qu'y a-t-il, maître?

— Dis-moi ce que tu vois là, Sylf, mon enfant.

Sylf le lui dit.

— Et toi, Ptl?

— Je vois la même chose, maître.

Le *rron,* ses ablutions terminées, vint nonchalamment voir ce qui se passait. A peine avait-il posé la patte à l'intérieur du cercle formé par les bougies qu'il s'immobilisa. Il dressa la queue, arqua le dos, son poil se hérissa, il hurla de terreur, fila vers les tapisseries, s'y accrocha des griffes et grimpa jusqu'en haut du mur où il resta agrippé, grondant et crachant, les yeux brillants comme des charbons ardents couleur d'émeraude.

Les trois Chnassiens le contemplèrent avec étonnement. Ce genre de comportement n'était pas inconnu chez les *rrons* mais il restait cependant exceptionnel. Sng Rmh tira pensivement sur sa barbe.

— Ptl, cours me chercher le livre de Jhn Nwt sur la *Divination,* dit-il. Au milieu du second rayon à partir du haut.

Chancelant sous le fardeau, la suivante revint au bout de deux minutes. Elle déposa près de son maître un volume poussiéreux relié en vieux cuir de *brk,* puis alla aider Sylf à essayer de faire descendre le *rron* de son refuge.

Sng Rmh ouvrit le livre, du doigt suivit la liste de la table des matières, tourna les pages, trouva le chapitre sur les pentacles. Tout en lisant, il jetait de temps en temps un coup d'œil au surtout, fronçait les sourcils. Les galets anormaux restaient toujours collés au même endroit et n'avaient pas du tout l'air de vouloir en descendre.

Il découvrit enfin la seule chose qui lui parût avoir quelque rapport avec la situation. Tout à la fin du chapitre consacré aux pentacles, le vénérable auteur avait ajouté une note en bas de page, à laquelle il avait donné ce titre curieux : *A propos de Mgn Rkhs.* Voilà ce qu'elle disait : « Il se pourrait bien qu'en fin de compte, *oho,* dans son humour infini, décide de se manifester en une plaisanterie si magnifiquement absurde que son interprète le plus assidu et le plus doué même soit privé de tout indice qui puisse le guider. Son talent pour l'art de la divination ne lui servira plus de rien, alors, car ses non-sens lui diront que ce qui est, n'est pas : que ce qui n'est pas, est. »

Sng Rmh lut deux fois la note de gauche à droite et une fois de droite à gauche. Dans un sens comme dans l'autre, il n'y comprit rien. Et pourquoi cet *A propos de Mgn Rkhs?* Qu'est-ce que Mgn Rkhs pouvait bien avoir affaire avec...

— Orgypp, murmura-t-il. Pourquoi, au nom de *oho,* était-elle si...

Comme il prononçait le nom d'Orgypp, un des galets se détacha de sa place, roula au fond du plat, fit une fois le tour du pentagone, puis revint à son point de départ.

Sng Rmh observa le circuit avec le plus grand intérêt.

— Orgypp? répéta-t-il.

Le galet refit docilement son curieux périple.

Sng Rmh se gratta l'oreille droite.

— Zil Bryn? fit-il, à titre d'essai.

D'un seul mouvement, les quatre autres galets quittèrent leur nid, roulèrent au fond du surtout, exécutèrent un majestueux circuit du pentagone dans le sens des aiguilles d'une montre, puis regrimpèrent vers leurs pointes respectives de l'étoile.

Sng Rmh réfléchit.

Ptl et Sylf réussirent enfin à persuader le *rron* d'abandonner son refuge en haut de la tapisserie. Il descendit précipitamment et sortit si vite de la salle des conseils que ses cinq ombres purent à peine l'accompagner. Les jeunes suivantes s'approchèrent du conseiller.

— Avez-vous encore besoin de nous, maître? demanda Sylf avec déférence.

— Quoi? fit Sng Rmh distraitement.

— Pouvons-nous partir? demanda Ptl, plus franche que l'autre.

— Partir? Oui, oui, bien sûr, mes chères petites. Je vais bientôt sortir moi-même. Je dois aller voir les Bryn.

— N'est-il pas un peu tard pour une visite, maître?

— C'est vrai, acquiesça le vieil homme, mais comme il semble que les *rhns* le demandent, je sens qu'il est de mon devoir de leur obéir.

A neuf heures moins dix, il y eut à l'université une coupure de courant non prévue au programme. Comme la séance de cinéma avait commencé avec quinze minutes de retard, l'assistance n'avait vu que cinq minutes du premier film quand s'éteignit la lampe du projecteur. Un chœur de gémissements exaspérés et de coups de sifflet s'éleva des aficionados assemblés dans l'amphithéâtre des sciences.

— A bas les foutus syndicats!

— La ferme, cochon de fasciste!

— Salauds de maoïstes!

— En voilà une façon de diriger un foutu pays!

— T'oses appeler le pays un foutu pays!

— C'est peut-être un plomb qu'a sauté?

Des briquets s'allumèrent. Quelqu'un proposa même un bout de bougie. Au fond de la salle une porte s'ouvrit, et une voix se fit entendre.

— Coupure de courant, hélas, dit-elle d'un ton d'excuse.

— Oh, parfait!

— Faut lui donner son doctorat!

— Ça va durer longtemps, Félix?

— Sheila est allée voir ce qui se passe.

— Bonne idée, Superman.

— Quel dommage, dit Georges, se tournant vers Jenny. Moi qui commençais à m'amuser!

— Mais c'était une mauvaise copie. On aurait dit qu'il neigeait.

— Il ne neigeait pas?

— *Dans* la maison?

— Oui, je comprends. Avez-vous pu lire les sous-titres?

— Quels sous-titres?

— Je suis sûr qu'il y en avait.

— Je me demande pourquoi, puisque personne ne disait rien.

— Mais ces lettres...

— C'était du tchèque.

— Non, je veux dire les traductions en bas de l'écran.

— Oh, ça! C'était de l'allemand, non?

— Vraiment? Ça expliquerait tout.

— Sauf si on ne comprend pas l'allemand.

— Je veux dire, ça explique que je n'ai pas pu les lire.

— Oh! là, là, j'ai les pieds glacés.

— Le chauffage aussi doit être coupé.

— Hé, Cringe, on s'amuse?

— Oh, c'est vous, Wendell?

— Conjecture métaphysique, mon vieux, il fait trop sombre pour en être sûr.

— Si le courant ne revient pas dans les cinq minutes, que la culture aille se faire fiche, dit Jenny, de mauvaise humeur. Je retourne au pub.

Quand Zil et Orgypp approchèrent de leur maison, un gros papillon de nuit aux ailes couleur saphir et flamme prit les broderies de la robe d'Orgypp pour une belle-du-crépuscule. Il descendit doucement et

vint se poser sur sa manche. Comme elle le regardait
caresser l'étoffe de sa patte couverte de duvet dans
une vaine tentative de persuader la fleur de lui livrer
son nectar, elle se sentit toute triste sans savoir pourquoi.

— Si j'étais *oho,* soupira-t-elle, je ne laisserais personne se tromper, même pas un papillon de nuit.

— Pour ce que tu en sais, dit Zil avec un sourire, il
est peut-être très heureux de *grokker* ta manche. Il a
trouvé la plus grosse belle-du-crépuscule de Vohl et
elle est toute à lui.

— Elle n'a pas de nectar.

— Et pourquoi crois-tu qu'il recherche le nectar? Il
ne cherche peut-être que la *hwyllth.*

— Ces papillons sont la *hwyllth* même. Ils ne la
cherchent pas.

— Qu'en sais-tu?

Le papillon n'exprima aucune opinion sur ce sujet.
Il secoua la poussière de ses antennes, agita les ailes,
et partit flottant sur un rayon de lune. Orgypp le
regarda peu à peu disparaître et il lui parut se trouver au bord d'un immense gouffre de révélation
ohoienne. Mais tout ce qu'elle répondit fut : « Je sais
parce que je sais.

— C'est bien d'une femme », dit Zil avec un petit
rire.

Le *Char à foin* subissait lui aussi les coupures de
courant. Mais comme le patron avait eu la prévoyance
de mettre en réserve plusieurs grosses bougies, les
affaires marchaient quasiment mieux que d'habitude. Jenny, Wendell, et une copine de ce dernier
nommée Samantha, réussirent à se faufiler jusque
dans un petit coin tandis que Georges partait à la
recherche d'alcool. Il lui fallut bien dix minutes
pour s'en procurer au bar. Quand il revint, Wendell
expliquait quelques points obscurs de sa thèse de
doctorat à l'aide d'allumettes et de cure-pipes. Jenny

et Samantha semblaient intéressées, mais sceptiques.

Georges distribua les verres.

— Et les pieds, maintenant? demanda-t-il.

Il s'adressait à Jenny, mais Wendell, absorbé par sa démonstration, crut que cela le concernait.

— Question intelligente, répondit-il. Les orteils ont certainement un rôle à jouer dans l'excitation du clitoris, mais il faut une adresse au-dessus de la moyenne. Regardez. Ce disant, il courba la jambe d'un de ses modèles en une position qui fit faire une grimace à Samantha.

— Ça, Wendell, protesta-t-elle, je n'y crois pas. Faudrait qu'il soit un véritable acrobate.

— Oui, qu'il soit très souple, en tout cas, concéda Wendell. Mais ce n'est pas impossible. J'ai des photos pour le prouver.

— Mais à quoi bon tout ça? demanda Jenny. Ce que je veux dire c'est que ce qu'on éprouve ne doit pas être tellement différent.

— Ma foi, fit Samantha, rêveuse, on aurait le sentiment d'avoir accompli quelque chose. Comme ceux qui découvrent un nouveau chemin pour escalader l'Éverest.

— Ce n'est qu'un art comme bien d'autres, dit Wendell.

— Je n'en vois pas beaucoup qui lui ressemblent, fit Jenny.

Georges prit le modèle servant aux démonstrations, l'éleva vers la bougie, découvrit qu'il le troublait étrangement, et le reposa sans commentaires.

— C'est pas pour vous, ça, hein, mon vieux? fit Wendell, clignant les yeux.

Georges sentit que tous le regardaient. Il eut un sourire timide, haussa modestement les épaules.

— Oh, murmura-t-il, quand on est deux, je suppose...

— Ou trois, fit Samantha, avec un petit rire nerveux.

— Assez de sottises, dit Jenny. C'est comme cela

que tu conçois la chose, dans ta thèse, Wendell?
Comme une forme d'art?

— Mais bien entendu. Pour l'homme, la pornographie, c'est la découverte progressive de sa sensualité latente.

— De son ingéniosité, plutôt.

— De cela aussi, acquiesça Wendell. C'est en grande partie une question de permutations, comme dans la musique sacrée médiévale.

— Chantez-vous bien le plain-chant grégorien, Georges? demanda Jenny en souriant.

— Comme-ci, comme-ça, dit-il, toujours modeste.

— C'est comme moi, fit Wendell. Faut que je m'y remette.

Samantha gloussa de nouveau. Jenny posa son verre, sur la table.

— Je paie la prochaine tournée, mais il faut que quelqu'un aille chercher les verres, je ne vais pas plonger dans la mêlée.

— J'y vais, dit Georges. Qu'est-ce que vous prenez?

La lumière revint juste à l'heure de la fermeture et fut saluée par un chœur d'acclamations ironiques. Le petit groupe était déjà bien parti. Wendell avait abandonné le sujet de sa thèse et pontifiait sur la science-fiction. Il agitait le doigt sous le nez de Georges.

— Cringe, en vérité, dans la science-fiction, c'est la science qui est fiction, et la fiction qui est vraie.

— Très intéressant, Wendell, fit Georges, hochant la tête. Très intéressant, vraiment.

— Intéressant? C'est profond, mon vieux! affirma Wendell.

— Sûrement. Profondément intéressant, en fait.

— Ou vraiment profond, dit Jenny.

— Tout juste, fit Georges, rayonnant.

— Une vérité perçue par l'imagination, déclara Wendell, est infiniment plus vraie que n'importe quel fait. Infiniment. En un mot, mon vieux, elle est multi-dimensionnelle.

— Elle embrasse tout? suggéra Georges.

— Tout, Cringe, et le reste.

— Mais c'est impossible, Wendell, protesta Samantha.

Wendell ôta ses lunettes, souffla sur les verres, les essuya avec la blouse de Samantha et les remit.

— Tout ce qu'on peut croire est une image de la vérité, n'est-ce pas, Cringe?

— C'est incontestable, fit Georges, toujours rayonnant.

— Mais si je crois que deux et deux font cinq, ça n'en est pas vrai pour autant, gémit Samantha.

— Bien sûr que si, à condition de le croire avec suffisamment de sincérité.

— *C'est l'heure, mesdames et messieurs, c'est l'heure!*

— Mais c'est absurde!

— Bien au contraire, fit aimablement Wendell. Ce que *tu dis,* toi, c'est que la vérité n'est qu'un consensus sur ce qui est vrai. Ce qui est manifestement absurde.

— Non!

— Alors, la majorité a toujours raison, hein?

— Non, évidemment, *pas toujours,* mais...

— Jamais, affirma Wendell. La majorité a tort dans neuf cas sur dix. Et dans le dixième, elle a raison, mais pour de mauvaises raisons.

— Par exemple? demanda Jenny.

— L'astrologie, répliqua, Wendell, clignant les yeux.

— Oh, Wendell, *vraiment!*

— *C'est l'heure, mesdames et messieurs!*

— Wendell, tu es incorrigible!

Wendell se contenta de sourire.

Sur Chnas il est une règle consacrée par l'âge : deux maisons proches l'une de l'autre ne doivent jamais se ressembler. La demeure idéale reflète la personnalité de ses habitants et ne ressemble qu'à elle-même. Car l'essence même de *oho* ne consiste-t-elle point en son infinie diversité?

Sng Rmh traversait rapidement le parc de Vohl au clair de lune, cherchant la villa qui devait correspondre à sa conception des personnalités de Zil et Orgypp. Il s'arrêta devant une maison en forme de *mrmott* accroupie, hocha la tête et continua son chemin. Il écarta également une confortable petite *thrunng* femelle à deux étages, un bato-méson, et quelque chose qui, si on pouvait le comparer à quoi que ce fût, ressemblait à quatre carottes dressées l'une à côté de l'autre. Le vieil homme eut un petit reniflement de tolérance et continua de trotter. Ce doit être plein de fantaisie, marmonnait-il, sans cependant manquer de *hwyllth*. Orgypp y aura veillé. Ça ne doit pas être loin. Ah!

Il venait d'apercevoir une maison qui répondait parfaitement à ses exigences. Moitié presbytère du temps des rois George (y compris le porche couvert de glycine) moitié *schloss* bavarois en miniature. Une lumière brillait à une des fenêtres des tourelles jumelles, sur le derrière de la maison.

— C'est sûrement le bureau de Zil, dit le vieil homme avec un petit rire. Voyons ce qu'il manigance.

Serrant contre lui son manteau de fourrure, il prit en courant la petite allée pavée de dalles allant jusqu'au porche et tira sur l'anneau de métal de la sonnette.

Orgypp ouvrit la porte elle-même.

— Conseiller! s'exclama-t-elle. Quel honneur inattendu! Je dois avouer que je ne suis pas...

— Non, non, je sais, Orgypp. Je suis venu pour un problème urgent, sinon je n'aurais jamais osé vous déranger à une heure pareille. Pardonnez-moi, je vous en prie. Et surtout je vous en supplie, pas de cérémonies!

Orgypp hocha la tête, désorientée, ce qui était bien normal.

— Mais quelques rafraîchissements, quand même, conseiller...?

— Très bien, mon enfant. Mais ne vous mettez pas en frais pour moi. Il ôta son manteau et le lui tendit. Je peux voir Zil, je suppose?

— Il est dans son bureau. Je vais le chercher.

— En les circonstances, Orgypp, je préférerais monter moi-même, et parler avec lui là-haut.

— Comme vous voudrez, Conseiller. Aimeriez-vous une petite tasse de *lakh?*

— Certainement, mon enfant.

— Alors, si le Conseiller veut avoir la bonté de me suivre...

— Quelle charmante maison vous avez, Orgypp. Pleine de surprises.

— Je suis bien heureuse qu'elle vous plaise.

— Vous viendrez nous rejoindre, n'est-ce pas?

— Si le Conseiller le désire.

— Oui, oui, votre présence est indispensable, je suis convaincu que vous pourrez avoir un rôle important à jouer.

Orgypp écarquilla les yeux. La curiosité lutta avec le décorum, fut la plus forte.

— Me pardonnerez-vous de vous poser une question, Conseiller?

— Oui, Orgypp, oui.

— Votre visite — qui nous fait tant d'honneur — a-t-elle quelque rapport avec le Chorge de Zil?

— Chorge? Ah, oui, en effet. Il est peut-être bien le chaînon que je cherche.

— Un chaînon, Conseiller?

— Oui, entre ce qui *est* et ce qui *n'est pas,* Orgypp.

— *Je le savais,* dit-elle, ravie.

Georges offrit à Jenny de la raccompagner chez elle. Elle accepta de bon cœur. Ils souhaitèrent une bonne nuit à Wendell et Samantha qui partirent pour une destination non spécifiée sur le scooter de la jeune personne. Georges se dit qu'il avait sans doute payé plus que sa part des boissons de la soirée. Il ne le regrettait pas.

— Wendell est un drôle de numéro, n'est-ce pas? fit-il en mettant le contact, puis en sortant lentement en marche arrière du parc de stationnement.

— Il fait de son mieux, reconnut Jenny.

— Quelle licence avait-il choisie?

— Anthropologie sociale, je crois.

Georges redressa le volant, s'enfonça dans son siège, et sortit prudemment dans la rue.

— Que pensez-vous de ce qu'il a dit sur la vérité et les faits?

— Oh, il ne sait pas lui-même ce qu'il entend par là.

— Mais je crois qu'il y a quelque chose de vrai là-dedans. Prenez la P.E.S. par exemple.

— Oui?

— Eh bien, en tant que scientifiques, nous devrions affirmer que la perception extra-sensorielle n'existe pas. Mais seulement parce que nous ne pouvons prouver empiriquement son existence. D'autre part, nous ne pouvons prouver non plus qu'elle n'existe pas. Cela pourrait-il être parce que nous essayons d'utiliser des méthodes scientifiques pour trouver une vérité non scientifique?

— Vous croyez à une vérité non scientifique?

— Oh, mais oui! Pas vous?

— Non.

Georges la regarda du coin de l'œil. Elle avait les yeux fixés droit devant elle sur le pare-brise.

— Par exemple : vous êtes belle. Voilà une vérité non scientifique.

— Au contraire, ce n'est qu'une opinion. En fait, ce n'est même peut-être pas ça. Mais le sourire qui accompagna cette déclaration fit battre plus vite le cœur de Georges.

— Quelle était la phrase de Wendell? Tout ce qu'on peut croire est une image de la vérité, n'est-ce pas?

Très bien. Je crois que vous êtes belle, donc vous l'êtes.

— Vous avez un peu trop bu.

— Sans doute, admit Georges. J'ai toujours tendance à dire la vérité quand j'ai un peu trop bu.

— Alors, il vaudrait mieux que je vous offre un café pour vous remettre d'aplomb. Pour votre tranquillité d'esprit.

— Excellente idée. Qu'est-ce qu'il y a encore d'ouvert à cette heure-ci?

— Ma petite cuisine.

— Ah! Dans ce cas, peut-être, alors...

— Alors quoi?

— Je vous remercie, fit Georges, avalant difficilement sa salive.

— J'habite Beaufort Terrace. La deuxième à gauche après le feu rouge, expliqua-t-elle avec un autre sourire.

Quelques minutes plus tard ils s'arrêtèrent devant une des hautes maisons Régence transformées à grands frais en petits appartements pour étudiants déjà pourvus de leur licence. Georges fit une dernière et faible tentative d'obéir à la voix de son surmoi.

— Franchement, je ne voudrais pas vous déranger...

— Vous ne me dérangez pas, venez donc, fit Jenny en riant.

Elle le précéda dans l'escalier jusqu'au premier étage, ouvrit la porte de l'appartement 3, alluma l'électricité, et entra. La première chose que vit Georges fut l'œil droit de Che Guevara. La deuxième fut le buste sans soutien-gorge de Jenny sous sa blouse transparente quand elle ôta son manteau. Inutile de dire laquelle des deux Georges trouva la plus troublante. Il détourna le regard des seins de la jeune femme avec la plus grande difficulté, fit un geste nerveux, montrant la pièce.

— C'est très joli. Il y a le chauffage central, n'est-ce pas?

— Oui. La salle de bains et les w.-c. sont par là.

Tout en se lavant les mains, Georges décida que la seule chose à faire était d'orienter la conversation vers des sujets strictement impersonnels. Dès qu'il sortit de la salle de bains, il mit ce précepte en pratique. Jenny n'était pas dans la pièce, il éleva donc la voix pour qu'elle l'entendît de la cuisine.

— J'ai regardé les cahiers de la Seconde B, ce soir, fit-il gaiement. Bon sujet. Votre petite entreprise se présente bien. Le vieux Corbett vous donnera sans doute une bonne note. Je connais ses goûts.

La réponse ne fut pas très audible. Georges continua bravement, obstinément.

— Bien sûr, si on laisse ces petits propres à rien construire eux-mêmes les télescopes, il y a toujours le danger qu'ils chipent les lentilles. Il faudra que vous leur fassiez vider leurs poches à la fin de chaque cours. Les tubes, ça peut se remplacer, par contre.

Dans les lointains, on entendait des bruits de métal et de faïence. Jenny dit quelque chose qu'il ne put saisir. Georges eut un petit sourire, comme si un souvenir lui revenait à l'esprit.

— Le vieux Corbett adore les dessins sur les murs. Une jolie frise sur le système solaire, ça vous vaudra au moins une mention. A condition qu'elle soit assez grande, il est myope comme une taupe.

La porte s'ouvrit. Jenny entra, portant un plateau.

— Excusez-moi, je n'ai presque rien entendu de ce que vous disiez.

Elle se baissa pour poser le plateau sur une table basse. L'œil de Georges put ainsi plonger dans le profond décolleté de sa blouse. Son estomac se contracta.

— Le sujet que vous avez donné à la Seconde B, marmonna-t-il.

— Oh! non, on ne va pas parler boutique! protesta-t-elle. Tout mais pas ça! Venez là et dites-moi pourquoi vous me trouvez belle. A moins que vous n'ayez changé d'avis?

— Non, fit Georges, la voix rauque. Oh, non! Enfin je veux dire... c'est que, voyez-vous...

— Oui? demanda gentiment Jenny.

— Je ne devrais pas être ici, n'est-ce pas? gémit-il désespérément.

— Mais pourquoi donc?

— Je ne devrais pas être ici, seul avec vous, dans votre chambre, voilà.

— Mais vous êtes là, je vous ai invité, vous avez oublié?

Georges hocha la tête. C'était là une vérité indiscutable.

— Asseyez-vous et buvez tranquillement votre café, dit-elle avec un sourire et elle alla vers l'électrophone; choisit un de ses disques préférés.

Georges se laissa tomber avec précaution sur le divan. Au même instant, il repensa soudain à ce dessin qu'il avait trouvé dans le cahier d'une élève de seconde. Il glissa la main dans sa poche intérieure. Il était toujours là. Il sortit le papier plié en deux et, ce faisant, se mit à rire bêtement, sans pouvoir s'arrêter.

Jenny mit l'appareil en marche, baissa le son et revint vers lui.

— Qu'avez-vous donc là?

Sans mot dire, Georges la laissa s'emparer de la feuille de papier. Elle jeta un coup d'œil aux lettres, déplia le dessin, leva les sourcils.

— Miséricorde! s'exclama-t-elle et elle éclata de rire. Où diable avez-vous déniché ça?

— C'est tombé d'un des cahiers. Je parierais pour Sybil Bosset.

— Un instant, j'ai cru que vous l'aviez dessiné vous-même.

— Oh, non!

— Eh bien, mais il est évident que je vous plais.

Georges se racla la gorge, émit quelques sons impossibles à transcrire.

— Enfin, c'est évident pour moi, ajouta Jenny.

— Et cela ne vous choque pas?

— Me *choquer?* Mais que voulez-vous dire?

— Eh bien, après tout, je suis...

— Assez vieux pour être mon père, c'est ça?

Georges acquiesça de la tête, accablé.

Jenny, l'air incrédule, prit une tasse sur le plateau et la lui tendit.

— Vous êtes donc probablement assez vieux pour savoir ce que vous voulez.

En cet instant, il parut à Georges qu'on ôtait un lourd fardeau de ses épaules. Il leva les yeux vers Jenny, puis regarda la chambre, comme pour se convaincre que tout cela était bien réel, et lui arrivait à lui, Georges. Et il se mit alors à rire, tout empli d'un bonheur naïf.

Orgypp mit trois petites cuillerées des feuilles aromatiques du *lakh* dans l'infuseur de porcelaine, et le poussa sous la tête du dragon de métal. La bête obéissante abaissa le nez dans les feuilles et souffla gaiement de la vapeur par ses narines épanouies. Quand le *lakh* fut à la bonne température, la vapeur se transforma en jets d'eau bouillante et le sifflement en une sorte de grondement régulier.

Pendant ce temps-là, Orgypp disposait trois bols sur un plateau laqué, au centre duquel elle mit une soucoupe contenant des pétales de *frm* confits. La tête penchée d'un côté, elle examina son plateau, enleva un des bols, le remplaça par un autre orné d'un dessin légèrement différent. Une fourchette à *frm* en ambre fut placée à côté de chaque bol, de telle façon que les deux dents touchent juste la soucoupe de pétales confits. Orgypp fit lentement tourner le plateau, hocha la tête, porta les doigts à ses tempes.

Le grondement de l'infuseur cessa brusquement et
avec un petit *clic,* le dragon s'accroupit de nouveau
sur son arrière-train de métal. Orgypp prit le plateau
d'une main et l'infuseur de l'autre, traversa l'entrée
et monta l'escalier.

Elle posa son fardeau sur une petite table à pieds
fuselés, devant la porte du bureau de Zil, frappa
souleva le loquet. Sng et Zil étaient penchés sur un
manuscrit qu'elle reconnut immédiatement : c'était
l'histoire de Zil. Ils étaient si absorbés qu'ils ne la
virent même pas entrer. Elle dut tousser pour attirer
leur attention. Ils levèrent les yeux, se mirent debout
et s'inclinèrent. Orgypp fit sa petite révérence en
retour, ressortit à la hâte, revint avec le plateau
qu'elle posa devant eux. Il y eut un bref échange de
politesses cérémonieuses et les deux hommes se
rassirent.

Orgypp versa un peu de *lakh* dans un des bols, le
porta à ses lèvres et le passa à Sng Rmh. Il l'accepta
avec un sourire grave, s'inclina, but une gorgée, et
passa le bol à Zil. Zil accomplit les mêmes gestes
rituels avant de rendre le bol à Orgypp. Elle le remit
sur le plateau, remplit rapidement les deux autres
bols, remit un peu de *lakh* dans le sien. Cela fait
elle prit de sa petite fourchette un pétale de *frn*
luisant de sucre et le mangea.

— Votre discussion est-elle fructueuse? s'enquit-elle

Zil regarda Sng Rmh. Le vieil homme posa son
bol, s'essuya les lèvres de sa manche et prit sur sa
fourchette une bouchée de pétales givrés.

— Nous sommes sur la piste de quelque chose
Orgypp, mais *oho* seul sait de quoi il s'agit.

— Puis-je vous demander ce qui nous vaut le
bonheur de votre visite, Conseiller?

Sng Rmh lui parla de l'examen des *rhns*.

— Et vous n'aviez jamais rien vu de pareil
demanda Orgypp, hochant la tête pensivement.

— Ni moi, personne d'autre, j'en suis sûr, Orgypp

A propos, je voulais vous parler de Mgn Rkhs.

— Oui, Conseiller?

Le vieil homme croqua une autre bouchée de pétales de *frm*, ôta quelques miettes de sucre de ses moustaches avant de parler d'un ton assuré.

— Il y a là quelque association que je ne puis éclaircir. Vous avez apporté *Nohwom* avec vous ce soir, et quand j'ai consulté la *Divination* de Jhn Nwt, j'ai découvert qu'il me renvoyait à Mgn Rkhs. Qu'en pensez-vous?

— Je ne sais que vous dire, Conseiller. Je n'y comprends rien.

— Moi non plus, grommela Sng Rmh.

— On dit que Mgn Rkhs est un ancêtre d'Orgypp, fit Zil.

— Vraiment? Et qui dit cela? demanda Sng Rmh, en élevant le sourcil gauche.

— Oh, ce n'est qu'une légende familiale, Conseiller. Je me rappelle mon arrière-arrière-grand-mère, Grll Grng...

— C'était votre ancêtre? Bien, bien. Continuez, mon enfant.

— Quand j'étais très petite, elle me donna un jour un exemplaire du *Testament de Mgn Rkhs*. Et elle me dit que c'était l'œuvre d'un de mes ancêtres. Mais elle était déjà bien vieille et elle ne savait peut-être plus ce qu'elle disait.

— N'en croyez rien, affirma Sng Rmh. La vieille Grll eut l'esprit aussi clair qu'une source jusqu'à l'instant où elle comprit le sens de la dernière grande plaisanterie. Je suis bien placé pour le savoir, j'ai ri avec elle jusqu'à la fin.

— Je l'ignorais, Conseiller.

— Si Grll Grng a dit que Mgn Rkhs était votre ancêtre, je puis vous assurer que c'est la vérité, Orgypp. Mais en quoi cela peut-il bien nous aider?

— Peut-être que Mgn Rkhs a quelque chose à voir avec le Chorge de Zil?

— Qu'entendez-vous par là?

— Il pourrait *être* lui, en quelque façon.

— Orgypp, pourquoi t'obstines-tu à parler de
Chorge comme s'il était réel? demanda Zil sévèrement. Je trouve cela particulièrement vain.

— Ne soyez pas si dur avec elle, fit Sng Rmh avec
un petit rire, prenez plutôt son obstination pour un
compliment.

— Mais vous ne comprenez pas, Conseiller. Cela
va de mal en pis. Ce soir, elle est même allée jusqu'à
suggérer que dans mon livre, j'enseigne le *gryllook* à Chorge!

Orgypp devint écarlate et baissa le nez dans son
bol.

Zil se rendit compte qu'il était lui-même allé un
peu trop loin. Il eut honte de lui.

Sng Rmh but une gorgée de *lakh* pour se débarrasser d'un morceau de *frm,* logé entre deux inci-
sives.

— Et pourquoi ne le lui enseigneriez-vous pas?
Vous pouvez faire ce que vous voulez quand vous
écrivez.

— Là n'est pas la question, Conseiller. J'essaie
de construire un monde qui soit la contrepartie
logique de Chnas — une sorte de Chnas *rllist* et
satirique, si vous voyez...

— Logique? l'interrompit dédaigneusement le vieil
homme, vous trouvez logique d'avoir fait des Derriens de plusieurs couleurs?

— Oh! tout cela est expliqué dans un autre chapitre, je vous assure que c'est...

— Et cette — voyons, comment l'appelez-vous — le
vieil homme feuilleta le manuscrit de Zil — cette
« guerre », c'est logique aussi, je suppose?

Pauvre Zil, comme il regrettait d'avoir choisi ce
mot.

— C'est de la logique derrienne, Conseiller, répondit-il, à bout d'arguments. Pas de la logique chnas-sienne.

— Je m'en serais douté, grommela le vieil homme.

— *Moi,* je crois que la Derre existe, dit loyalement Orgypp.

Zil lui sourit, reconnaissant.

— En ce cas, dit Sng Rmh avec un petit rire, ce doit être l'endroit le plus insensé de tout *oho.*

— Pour *nous,* Conseiller, insista Zil. Chorge Gringe ne le trouve pas insensé du tout.

— Si, un petit peu, quand même, dit Orgypp.

— Peut-être, en effet, admit Zil, qui en vérité lui eût concédé n'importe quoi en échange de son loyal soutien.

— C'est pour cela qu'il va *grokker* avec Chennifer, expliqua-t-elle.

— C'est vrai, fit Zil, rêveur. Les Derriens ne devraient *grokker* que dans le cadre de leur union-à-deux.

Sng Rmh les considéra, puis hocha la tête.

— Je ferais peut-être mieux d'emporter votre manus-crit chez moi et de le lire attentivement. Avez-vous un deuxième exemplaire?

— Quel honneur vous me faites, Conseiller. Je crains cependant que vous ne le trouviez un peu bizarre par endroits.

— Je vous crois volontiers, répondit Sng Rmh, avec son petit rire habituel. Entre-temps, il serait peut-être plus sage de vous reposer un peu, d'arrêter votre travail créateur, Zil, à tout hasard, vous compre-nez.

— Pourquoi, Conseiller? fit Zil, fronçant les sour-cils, car il ne comprenait rien du tout.

— Au cas où j'aurais raison, voilà ce que veut dire le Conseiller, expliqua Orgypp. Sng Rmh la regarda, rayonnant.

— L'arrière-arrière-petite-fille de Grll Grng a hérité de ses remarquables facultés de perception. Il faut qu'elle vienne un soir au Sanctuaire et qu'elle joue quelques duos avec moi.

— Le Conseiller est trop bon, murmura Orgypp, et elle rougit encore, mais de plaisir cette fois.

Zil prit une liasse de son manuscrit, tourna quelques pages avec étonnement.

— Je ne comprends pas, murmura-t-il. J'ai tout inventé. Comment cela pourrait-il *exister?*

— Je ne dis point que cela *existe,* Zil. Et, franchement, d'après le peu que j'ai lu de votre Derre, je ne vois pas comment cela *pourrait* exister! Mais sans aucun doute il se prépare quelque chose d'assez extraordinaire, et de quelque mystérieuse façon, il semble que vous ayez trouvé le moyen d'y être mêlé. Je sais que les *rhns* ne sont pas infaillibles, mais quand ils font l'impossible pour me dire qu'ils ne savent pas, au nom d'*oho,* ce qui peut bien se passer, je sais moi que je serais plus fou qu'un de vos Derriens si je n'en tenais pas compte. Il se tut, tortilla sa moustache pensivement, puis ajouta : Vous n'ignorez pas que je ne suis autorisé qu'à vous donner quelques sages conseils, que vous êtes parfaitement libres de ne pas suivre, mais je vais pourtant vous suggérer ceci : j'emporte votre manuscrit, je le lis attentivement d'un bout à l'autre. Ensuite, si je ne vois pas alors plus clairement qu'aujourd'hui quelle voie vous conseiller, avec votre permission, bien entendu, je présenterai le problème au Conseil des guides. J'avoue que ce n'est pas là une thérapie très inspirée, mais je n'ai rien de mieux à vous offrir en les circonstances.

— Le *Conseil!* s'exclama Zil stupéfait. Vous croyez vraiment que...

— Oui, l'assura le vieil homme. Je ne dis pas que nous aurons à en arriver là, bien entendu. Mais s'il le fallait, j'imagine que vous accepteriez d'assister à la réunion?

Zil, ahuri, acquiesça d'un signe de tête.

— Parfait. A présent, il semble que j'aie à affronter quelques dures heures de lecture. Et, avec votre gracieuse permission, Orgypp, je vais prendre congé de vous, en emportant un exemplaire de — quel est le titre, Zil? — ah, oui, *Le Pèlerinage de Chorge Cringe*.

— Gringe, le reprit Zil. *Le Pèlerinage de Chorge Gringe*. Et j'ai mis comme sous-titre : *Une histoire de la planète Derre*.

— Quelle imagination! fit le vieil homme en souriant. La planète Derre. Eh bien, eh bien!

Orgypp et Zil le raccompagnèrent jusqu'à la porte, l'aidèrent à enfiler son manteau et, sous le porche, agitèrent les mains en signe d'adieu. Quand le Conseiller eut disparu sur le chemin du sanctuaire, Zil se tourna vers Orgypp, médusé.

— Le Conseil! murmura-t-il. Tu te rends compte, Orgypp! Quelle publicité! Mais ça serait encore mieux qu'un bon article de Cryl Cnt dans *Le Grok!*

Georges se sentait un peu comme un animal dans un zoo lorsqu'il découvre que par inadvertance le gardien a laissé ouverte la porte de sa cage. Face à la liberté, il ne pouvait croire à sa chance. Il alla jusqu'à la porte sur la pointe des pieds, jeta un coup d'œil timide sur le paysage et le trouva absolument enchanteur.

Jenny, assise par terre, buvait son café en le regardant d'un œil amusé.

— Que venez-vous de dire?

— Hein? répondit-il, rêveusement.

— Vous avez dit quelque chose — cela ressemblait à « orgie ».

— Orgypp? J'ai vraiment prononcé ce mot?

— Qu'est-ce que cela veut dire?

— C'est un nom, fit Georges en rougissant légèrement. Un personnage que j'ai inventé.

— Oh, dit Jenny, buvant une autre gorgée. Et pourquoi y pensez-vous en ce moment?

— Parce qu'elle vous ressemble.

— Pas possible!

— Enfin, pas tout à fait. Elle est un peu plus petite. Mais son visage... elle a la même bouche, les mêmes yeux, le même genre de sourire.

— Comme elle doit être séduisante! Parlez-moi d'elle.

— Vous le voulez vraiment?

— Mais oui.

— Je croyais que vous disiez cela par politesse, expliqua Georges. Eh bien, c'est un personnage d'une sorte d'histoire que j'écris. On pourrait appeler cela de la science-fiction, si on veut. Mais pas comme celle de Wendell, pas traditionnelle. C'est plutôt une sorte de saga de la vie quotidienne qui se déroule dans une autre galaxie. J'appelle leur planète « Agénor ». Le personnage principal se nomme Zil. C'est un être tout à fait ordinaire dans presque tout ce qu'il fait. Orgypp est sa femme, j'imagine, mais sur Agénor ils n'ont pas de mariages comme chez nous.

— Vraiment? Et qu'ont-ils à la place?

— Ils *grokkent*.

— Quoi?

— *Grokker,* c'est un peu comme faire l'amour chez nous — mais en bien plus agréable.

— Formidable!

— Oui. Et ils peuvent le faire avec qui ils veulent, ou tous ensemble. C'est leur religion à eux.

— Et comment font-ils l'amour?

— Eh bien, franchement, je ne sais pas très bien. Ils font cela avec leurs *thrunngs*. C'est une sorte de petit membre supplémentaire.

— Ah! Et ils en ont tous?

— Oh, oui! Deux chacun.

— Tous pareils?

— Fondamentalement, oui, mais avec une différence subtile. Essayez de vous représenter un *thrunng* comme, disons — un gant. Alors, selon le rôle que vous jouez en *grokkant,* votre *thrunng* est un gant à l'endroit, ou un gant retourné. Mâle ou femelle, selon votre désir du moment. Intelligent, non?

— Sensationnel.

— Oh! ils sont très en avance sur nous!

— Et qu'est-ce qui vous a donné l'idée d'écrire tout ça?

— Honnêtement, je n'en sais rien. Mais il me semble que j'ai toujours eu envie de le faire. Aussi loin que remonte ma mémoire j'ai ça, là, quelque part dans la tête. L'écrire, c'est à peu près mettre des souvenirs sur le papier au fur et à mesure qu'ils me reviennent.

— Vous l'avez fait lire à quelqu'un?

— Miséricorde, non! En fait, vous êtes la seule personne à qui j'en ai parlé.

— Pourrais-je lire le manuscrit?

— Eh bien, à la vérité, il est quasiment illisible pour l'instant, vous connaissez mon écriture.

— Cela m'est égal. Je voudrais beaucoup le lire.

— Vraiment?

Jenny fit un signe de tête.

— Je vais y réfléchir.

Jenny se leva, s'allongea sur le divan, tendit le bras vers la petite bibliothèque et attrapa la boîte où elle gardait papier et « tabac ».

— Vous êtes beaucoup plus complexe que je ne pensais, Georges. Comment avez-vous pu rester dans ce fichu collège tant d'années?

— La force de l'habitude. Je n'ai jamais été très ambitieux.

— D'accord. Mais Bagshot Road, quand même!

— Il y a bien pire. McDougall me laisse tranquille. Les gosses ne sont pas trop embêtants.

— Mais vous n'avez jamais envie de — enfin, de vous évader?

Georges se dit alors qu'être assis dans la chambre

d'une jolie petite personne aussi désirable que sympa-
thique et compréhensive était un excellent exemple
d'évasion et il sourit.

— Je ne dirais pas que cela ne me soit pas venu à
l'esprit de temps à autre.

— Mais Agénor, c'est plus simple, n'est-ce pas?

Elle colla la cigarette, en tordit les deux extrémités,
et la lui tendit.

— Non, merci, j'ai cessé de fumer depuis un an, c'est
trop cher.

— Allons, essayez donc celle-là.

— D'accord, répondit-il, pensant que refuser serait
tout simplement impoli. Merci. Vous les avez toujours
roulées vous-même?

— Non. Seulement depuis l'université. Vous n'avez
pas répondu à ma question.

— En fait, je ne sais que vous répondre, dit-il avec
un soupir. Je suppose qu'Agénor est une sorte de
compromis. Après tout, on ne peut se débarrasser
de ses responsabilités. Elles existent.

— Votre famille?

Il acquiesça d'un signe de tête.

— Parlez-moi d'eux.

— Bon, vous connaissez Mike et Katie. Marilyn
est au collège technique.

Jenny frotta une allumette, la lui tendit, il se pencha,
alluma sa cigarette à la flamme, aspira une longue
bouffée. Elle alluma ensuite la sienne.

— Et Margery? dit-elle en agitant l'allumette pour
l'éteindre. Le problème, c'est Margery, non?

Georges s'adossa aux coussins, appuya la tête sur
son bras replié, tira encore une bonne bouffée.

— Oui, c'est Margery.

Il y eut une pause.

— Est-ce qu'elle *grokke?*

— Nous ne sommes pas sur Agénor, répondit
Georges avec un petit rire. Et c'est bien dommage.

— Mais vous voyez ce que je veux dire.

— Margery est quelqu'un de très bien; il n'y a qu'un ennui, elle se fait trop de soucis.

— A propos de vous?

— A propos de tout. La maison, sa mère, les gosses, le coût de la vie. N'importe quoi.

— Et pas vous?

Georges ferma les yeux, les rouvrit brusquement. Il eut l'étrange sensation que la chambre le regardait. C'était sans doute cet œil de malheur. Ou la cigarette.

— C'est un disque de qui?

— Stéphanie Duclos.

— Oh!

— Vous l'aimez.

— Elle est formidable.

— Et la cigarette?

— Oh, très bonne. Elle me fait un peu tourner la tête, pourtant. Je vous ai dit que j'avais perdu l'habitude de fumer. Mais je me sens bien, merci, termina-t-il en riant.

Ils restèrent silencieux pendant quelques minutes. Jenny, de nouveau assise par terre, se rapprocha du divan sur lequel Georges était à demi allongé, s'y adossa. Elle renversa la tête et ferma les yeux. Stéphanie Duclos chantait la douce pluie de printemps, l'amour qui meurt, la solitude. Georges déplia le bras qu'il avait gardé sous la tête, abaissa la main, et de ses doigts vint effleurer la joue de Jenny. Le téléphone sonna. Georges sursauta au point qu'il laissa tomber ce qui restait de sa cigarette dans l'ouverture de sa chemise.

Jenny rampa jusqu'au bout du divan, souleva le récepteur.

— Non, je ne suis pas couchée... Quoi?... Quand?... *Tout de suite!*... (un long intervalle pendant lequel Georges réussit à récupérer la cigarette)... Bon, ça va, oui... Je ne sais pas, je n'ai pas ma montre... (elle posa une main sur le micro et demanda l'heure à

Georges)... Près de minuit... oui... Non, ils vont partir... d'accord... à bientôt.

Elle reposa le récepteur. Éteignit sa cigarette, passa les doigts dans ses cheveux bruns. Le disque s'arrêta tout seul. Clic. Jenny regarda Georges, lui fit un sourire d'excuse.

— Je regrette.

Georges se leva péniblement du divan, brossa les cendres sur ses vêtements.

— Cela vaut peut-être mieux. Quand je pense à toutes les explications que j'aurais dû donner...

— J'ai bien pensé, moi, à remettre le rendez-vous, mais...

— Mais... je sais, fit Georges, et il ajouta avec un sourire : Encore un des avantages d'Agénor, ils n'ont pas le téléphone.

L'inclinaison de l'axe de Chnas est de 1°7. Ce qui prive la planète de saisons au sens terrestre du mot. Dans la zone tempérée, le climat est à la fois doux et égal : les Chnassiens dorment invariablement nus, et la plupart du temps dans une de ces couchettes à baldaquin faites pour le *grok,* et qu'on trouvait en toutes les formes et tailles imaginables. Celle de Zil et Orgypp était en vrilles de *slyk* tressées et gardait encore l'odeur embaumée de cette plante grimpante exotique poussant sous les tropiques, dont la *hwyllth* unique était de vibrer doucement en harmonie avec ceux qui partageaient avec elle leur plaisir. Si une nuit de *grok* se révélait particulièrement réussie, les vrilles entrelacées de la couchette, en se caressant mutuellement, produisaient un doux susurrement musical, absolument enchanteur pour l'oreille.

Quand Zil et Orgypp allèrent dans leur chambre un peu après le départ du Conseiller, ils découvrirent que leur couchette émettait quelques notes flûtées, faibles et mélancoliques. Comme ils étaient tous deux pensifs, *thrunngs* repliés, cela ne venait donc point du *grok*.

— On dirait presque qu'elle essaie de nous faire comprendre quelque chose, murmura Orgypp d'un ton rêveur, en caressant doucement le petit baldaquin de sa main fine.

— Wouhou... ououh... wouhououh... gémissait la couchette, et cela parut à Orgypp aussi désolé, désespéré que la brise sifflant dans quelque roselière oubliée, à Knyff.

Zil s'allongea sur le dos, considéra, l'air sombre, le baldaquin agité.

— Je suis convaincu que cela a quelque chose à voir avec Chorge, dit-il. Je n'arrive pas à l'écarter de mes pensées. J'ai réfléchi à cette affaire toute la soirée. Depuis que tu l'as entendu dans le miroir du ciel.

— Depuis que *nous* l'avons entendu, Zil.

— Mais pourquoi, Orgypp?

— Parce qu'il a besoin de nous, répondit-elle simplement.

— Cela veut-il dire que *nous* avons besoin de *lui?*

Dans l'ombre les yeux sombres d'Orgypp se remplirent lentement de larmes.

— Il est à nous, murmura-t-elle, nous l'avons fait. Et maintenant il a soif de *hwyllth*.

Allongée sur le côté, tournant le dos à Zil, elle croisa les bras sur sa poitrine et se ferma comme une fleur.

— Ouhou... ouhou... gémit la couchette.

Georges rentra chez lui à minuit et quart. Dans le vestibule, la lumière était encore allumée. Brillant à travers le panneau de vitres de couleur de la porte, elle éclaboussa son visage d'un grotesque mélange psychédélique de carmin, de violet, de safran pendant qu'il essayait de trouver le trou de la serrure.

Il referma doucement la porte derrière lui, mit le verrou, puis vit un rai de lumière provenant de la cuisine. Il traversa le vestibule sur la pointe des pieds, jeta un coup d'œil dans la pièce. Marilyn était assise devant la table, et mangeait du pain grillé beurré. Ouvert devant elle, on voyait son magazine hebdomadaire *Poppet,* et près de son coude gauche une tasse de chocolat chaud. Son transistor jouait doucement de la pop musique pour les Noctambules. Elle leva les yeux.

— B'soir, papa.

— Bonsoir. Quand es-tu rentrée?

— Il y a dix minutes. Keith m'a raccompagnée. Tu veux une tartine?

Georges se rendit brusquement compte qu'il n'avait rien mangé depuis plus de six heures.

— Oui, avec plaisir. Merci.

Marilyn tendit la main, prit dans le paquet enveloppé de papier ciré une tranche de *Michemiracle* et la mit dans le grille-pain.

— Tu as trouvé tes amis, alors?

— Oui. Et qu'as-tu fait, toi? Ou est-ce une question qu'il vaut mieux ne pas poser?

— Oh, rien d'extraordinaire. On a passé presque toute la soirée au *Char à foin.* Il y a eu une coupure de courant.

— Je sais, fit Georges en lui jetant un rapide coup d'œil.

— Ils ont allumé des bougies! Comme dans le temps! Sensass!

— Oui, je sais. Nous y sommes revenus une minute et c'était plein.

— Archiplein. Mais comme c'était agréable! Tout le monde avait un sujet de conversation, pour une fois. Elle le regarda; l'œil perspicace sous des faux-cils aussi épais que des pinceaux. Maman sait que t'es sorti? s'enquit-elle avec un sourire.

— Bien sûr. Pourquoi?

— Oh! je voulais savoir, c'est tout!

Georges baissa les yeux sur le magazine, ouvert à

une page où il put lire le titre d'un article : *Les étoiles et vous*. Il l'attira à lui et lut : *Bélier. Une semaine où il faudra prendre des décisions. Votre nature turbulente pourra amener quelques frictions à la maison et au bureau. Réfléchissez avant d'agir*. Il se demanda quel jour était l'anniversaire de Jenny. Et fut brusquement envahi par un poignant désir d'être de nouveau près d'elle, une dévorante envie de revoir ses yeux souriants, sa bouche tendre, ses cheveux, ses seins quand ils se gonflaient doucement sous sa blouse. En cet instant, elle fut infiniment plus réelle en son imagination qu'elle ne l'avait jamais été dans la vie. Il eut un long soupir.

Marilyn étala du beurre sur le pain grillé et lui tendit la tartine.

— Courage, papa! Tu penses à des choses tristes. Ça n'arrivera peut-être jamais.

— Justement, répondit-il, abattu.

Elle prit la tasse de chocolat dans ses deux mains et se mit à boire pensivement.

— Maman est de mauvaise humeur?

Georges grimaça un sourire, et secoua négativement la tête.

— Alors, qu'est-ce qu'il y a?

Georges ne s'était jamais senti si proche de sa fille depuis le temps où elle le ravissait, lorsqu'elle était une enfant potelée, qui avait déjà de la volonté. Mais il lui eût été aussi impossible de lui confier ce qui le troublait que de faire l'amour avec elle.

— Les « Noctambules », dit-il avec mépris. Qui diable peut bien écouter ce genre de musique, à ton avis?

— Nous deux, par exemple. Tu veux que je ferme le poste?

— Non, non. Cela m'est égal.

Il se mit à mâcher sombrement son pain grillé. Puis son visage s'illumina soudain quand il se rappela quelque chose.

— Voilà qui est mieux, fit Marilyn avec un sourire. Tu m'as presque inquiétée pendant une minute.

— J'ai rencontré un type vraiment bizarre, ce soir, expliqua-t-il, souriant à son tour. Il est à l'université. Tu me croiras si tu veux, mais il fait une thèse de philosophie sur la pornographie.

— Oh! Wendell Hammerstein!

— Tu le *connais?*

— Oh! à peine. Je l'ai rencontré une fois à la disco du collège. Il se croit un vrai don Juan.

— Ce n'est pas ton avis?

Marilyn eut une exclamation qui en des temps moins troublés eût été considérée indigne d'une dame bien élevée.

— Y cause trop!

— Comme tout le monde, dit Georges et il fourra le reste de la tartine dans sa bouche, essuya ses doigts graisseux avec une serviette en papier et dans un geste d'affection, tira sur une mèche de cheveux de sa fille. Bonne nuit, ma chérie. Et merci pour le casse-croûte.

— B'soir, papa.

Elle le regarda quitter la cuisine sur la pointe des pieds, entendit l'escalier craquer quand il monta se coucher. Elle regretta un peu de ne pas lui avoir dit qu'elle l'avait vu partir en voiture avec la jeune fille en manteau de peau de mouton, lorsqu'ils étaient sortis du *Char à foin.* Sans savoir pourquoi, elle sentait qu'il eût été content de lui en parler. Mais peut-être se trompait-elle. Elle secoua la tête, et attirant *Poppet,* continua de lire l'histoire commencée quand son père était arrivé. Elle s'intitulait : *Tu n'es pas un étranger pour moi,* et ne parlait que d'amour.

Le conseiller Sng Rmh tendit le bras, régla les deux flammes de sa lampe de chevet pour qu'elle répande une lumière égale sur la page devant ses yeux. Puis il but une gorgée de son gobelet de *brtlbris,* se lécha les lèvres, but une seconde gorgée, posa le gobelet, et tourna une autre page du *Pèlerinage de Chorge Gringe*.

« Ce papier que les Derriens appellent du « doré », lut-il, « est imprimé par le gouvernement et donné comme paiement à tous les citoyens. Certains en reçoivent beaucoup, d'autres très peu. La plupart des Derriens en reçoivent peu parce qu'ils sont la masse. Avec leur doré ils peuvent acheter ce qui est nécessaire à leurs besoins. Ces Derriens qui ont le plus de doré sont grandement enviés et admirés par ceux qui en ont moins, parce que la valeur et le prestige d'un Derrien, parmi ses semblables, se mesurent selon la quantité de doré qu'il possède. Chorge gagnait très peu parce qu'il n'était qu'un professeur, et que les professeurs se situent très bas sur l'échelle des valeurs derriennes. Au-dessous de lui, on ne trouvait guère que ceux qui soignent les malades, les artistes, les écrivains, et ceux qu'on appelle des « fonctionnaires ». Tout au bas de l'échelle se trouvaient le rebut de la société et ces vieux Derriens qui s'étaient usés au service de l'État. »

— Extraordinaire, murmura Sng Rmh. Son style manque certainement de *hwyllth,* mais quelle incroyable imagination!

Le *rron* roulé en boule sur la couchette à côté de lui pensa que son maître lui parlait et se mit à gronder sourdement pendant quelques minutes, puis peu à peu retourna à son sommeil.

Sng Rmh prit une autre gorgée de liqueur pour se rafraîchir, et continua sa lecture.

Margery formait une sorte de grosse bosse anonyme sous l'édredon quand Georges passa la main sous l'oreiller pour prendre son pyjama.

— Tu dors? murmura-t-il.

La forme qu'il avait juré d'aimer et de chérir toute sa vie ne réagit pas.

Il alla avec son pyjama jusqu'à la coiffeuse, se

demanda s'il oserait allumer la lumière, décida qu'il valait mieux n'en rien faire. Le lampadaire au coin de la rue envoyait quelques faibles rayons entre les rideaux et sur le plafond de la chambre. Quand Georges se déshabilla, son image spectrale l'imita dans la glace de la coiffeuse.

Il posa ses vêtements sur une chaise, alla doucement vers le lit, et se glissa entre les draps.

— Quelle heure est-il? murmura Margery.

— Excuse-moi de t'avoir réveillée. A peu près minuit et demi.

— Mais où es-tu allé?

— On parlait, le temps passait vite.

— Et on *buvait*.

— Oh, on a bu un verre ou deux.

— Qui ça, « on »?

— Sam... Henry... tu sais bien. La bande habituelle.

Il s'allongea sur le côté, avança une main timide vers la chaleur de son épouse, mais la sentit se rétracter au contact de ses doigts — comme se crispe le flanc d'un cheval pour décourager une mouche gênante.

— Tiens, c'est drôle, marmonna-t-elle.

— Quoi? fit-il, avec une surprise non feinte. Qu'est-ce qui est drôle?

— Sam Mostyn t'a téléphoné à neuf heures et demie.

Georges se sentit comme une dame d'autrefois lacée trop serrée dans son corset. Sa température baissa d'un coup, et son cœur qui, une heure plus tôt, lui avait paru assez grand pour contenir l'humanité tout entière, se ratatina jusqu'à avoir la taille d'une cacahuète.

— Je t'ai dit que Sam t'a appelé à neuf heures et demie.

Aidez-moi à sortir de là! aidez-moi, aidez-moi!

— Eh bien, Georges, je t'écoute.

Non, non, non, non!

Margery s'allongea sur le dos. Georges ferma les yeux.

— Alors, qui est-ce?

— De qui parles-tu? Il reconnut à peine sa propre voix dans ce murmure étranglé.

— C'est Jenny Lawlor, n'est-ce pas?

— Oh! miséricorde, Marge, qu'est-ce que tu crois que...

— Justement, Georges, je ne sais que croire.

— Bon. Je suis allé voir un programme de science-fiction à l'université. Elle m'avait invité. Après, on est allé à quatre boire un pot au pub.

— Jusqu'à minuit?

— Bien entendu, on s'est livrés ensuite à de folles orgies sexuelles. J'avais oublié. On s'est tous déshabillés, on s'est lancé de la gelée de framboise, et on l'a léchée. Faudra qu'on essaie un jour, toi et moi.

— Pourquoi m'as-tu dit que tu allais avec Sam Mostyn au collège technique?

— Je ne sais pas, avoua Georges avec un soupir. Peut-être parce que je savais ce que tu dirais si je t'expliquais où j'allais.

— Et tu penses peut-être que je vais croire ça?

Georges resta muet.

— Comme si je n'avais pas déjà assez de soucis!

— De la gelée de framboise, marmonna Georges.

— Dieu sait ce que doit penser Sam.

— Qui vous coule sur le corps, flic-floc, miam-miam...

— Tout le monde va en parler lundi dans la salle des professeurs.

— Dans les cheveux, et les yeux, et dans le nez...

— Et il a fallu que ce soit maman qui réponde au téléphone. Elle a tout de suite deviné...

— Et sur tes seins, et ça glisse jusqu'à ton nombril...

— Elle a toujours dit que je devrais te surveiller...

— Et je te lèche, miam-miam...

— *Georges!* Comment *oses-tu!*... Georges, tu es un dégoûtant... Georges, je... Georges tu n'as pas le... *Georges!*

Orgypp gémit doucement, se retourna. Elle rêvait qu'elle était une belle-du-crépuscule violette et que six énormes papillons de nuit *grokkaient* simultanément avec elle. Leurs langues pleines de douceur se déroulaient et buvaient son nectar. Son parfum se répandait dans l'air enchanté, au clair de lune.

— *Ahhh!* fit en un souffle la couchette en extase, *ahh... ahh!*

— Regarde, Sylf, plie la jambe et mets ton orteil ici.

— Comme cela?

— Non. Plie davantage la jambe. Là.

— Oh, c'est agréable?

— Oui, oui... et pour toi?

— Oh... *oho*... oh, Ptl!

— Chut, tais-toi, tu vas réveiller les *rrons!*

— Je me demande comment c'est pour un homme.

— Que veux-tu dire?

— Eh bien, on doit éprouver quelque chose de différent, n'est-ce pas. On *entre en* quelque chose.

— Oh, je ne sais pas.

— Tu n'y as jamais réfléchi?

— Non, je ne crois pas.

— Moi, je pense que ce serait agréable de changer de place de temps en temps.

— C'est ce que nous faisons, non?

— Non, je veux dire, être un homme.

— Jenny, n'as-tu jamais pensé que tu pourrais être lesbienne?

— Ne dis pas d'imbécillités!

— Oh, c'était une idée, c'est tout.

Georges resta éveillé fort avant dans la nuit. Il avait des crampes d'estomac et réussit presque à se convaincre que c'était le début d'un cancer. Cette idée l'effraya au point qu'il préféra attribuer ses douleurs à un ulcère, puis finalement à une simple indigestion. Il sortit du lit, se dirigea vers la salle de bains, et versa dans un verre d'eau un peu de poudre digestive.

Le liquide laiteux dans la main, il étudia son reflet dans la glace de l'armoire à pharmacie.

— Imbécile, marmonna-t-il. Qu'est-ce qui t'a poussé à faire ça. Tu vas en entendre parler pendant des mois. Des années peut-être. Elle te le reprochera peut-être éternellement. Il lécha un peu de poudre blanche restée sur ses lèvres. Oh! nom de nom, il doit bien y avoir un moyen de s'en sortir! Il le *faut*. Pourquoi? parut lui demander son image. Donne-moi une bonne raison. Une seule. Agénor. De qui te moques-tu? Eh bien, Jenny, alors. Et qu'est-ce qui te fait supposer qu'il y ait là quelque chose pour toi? Je me demande bien qui était ce salaud qui lui a téléphoné. Que peut-elle bien faire avec lui en ce moment? Ô Seigneur, comme tu aimerais être à sa place!

Zil organisait le *gryllook* de fin de trimestre. Il vérifiait les noms de ses élèves sur son registre.

— Ynon? Où est Ynon?

— Elle est malade, monsieur Bryn.

— Qu'est-ce qu'elle a?

— Ben, elle va pas bien.

— Qui a dit ça?

— Llylly. Elle dit qu'Ynon a mangé quelque chose de pas bon.

Zil marqua « absente » en face du nom de la petite fille, et ferma son registre.

— Bon. Vous avez tous votre déjeuner?

« Oui », firent-ils en chœur.

— Des carnets et des crayons?

Oui, bien sûr.

— Parfait. A présent, écoutez-moi bien. Tu m'as entendu, Allt? Comment peux-tu m'écouter attentivement, le nez dans le sac de ton déjeuner? Voilà qui est mieux. Il est interdit d'aller se promener au hasard tout seul, loin de la bande. C'est bien compris? Astryl n'est pas Prelon ni Sugmn, n'est-ce pas, Allt?

— Non, monsieur Bryn.

— Alors, ne l'oubliez pas, ni les uns ni les autres. Je ne veux pas passer mon temps à vous tirer hors du marais, ou à persuader un *ghlofr* de régurgiter un petit Chnassien. Nous restons tous ensemble, les yeux ouverts, l'oreille tendue, et n'oubliez pas non plus qu'il faudra écrire une rédaction là-dessus au retour. Tout va bien? pas de questions?

— Je peux sortir, M'sieur?

— Nous y allons, tous.

— Mais, monsieur Bryn, j'y suis déjà...

— Tous, j'ai dit, Allt. Toi aussi. Cela m'est égal que tu y sois déjà allé après le petit déjeuner. Retournes-y. Rendez-vous dans cinq minutes dans la salle de mise au point.

Les élèves déguerpirent. Zil ouvrit le tiroir de son bureau, y glissa le registre. Dommage pour la petite Ynon. Elle se faisait une joie de ce voyage à Astryl. Il fronça les sourcils, crut se rappeler quelque chose. Orgypp ne lui avait-elle pas dit que Llylly lui avait donné ces champignons? Mais ils en avaient mangé la veille au soir. Délicieux. Pourtant, à présent qu'il y pensait, le vieux Sng Rmh en avait parlé lui aussi. Cela n'avait peut-être rien à voir avec ce qui leur était arrivé, mais on ne pouvait cependant nier qu'il se fût passé des choses bizarres depuis la veille au soir. Sous le coup d'une impulsion, il griffonna à la hâte un petit mot pour Orgypp, lui demandant de faire un saut jusque chez Llylly prendre des nouvelles d'Ynon. Il le donna au bureau des messages de l'école en allant

vers la salle de mise au point. Un *brl,* oiseau blanc
et noir, traversait déjà le parc de Vohl, le mot dans le
bec alors que Zil n'avait pas encore fini de grouper
ses élèves et de les mettre en place pour le *gryllook*.
Pourtant, quand Orgypp entendit le tintement de la
sonnette des messages et reçut le mot, Zil et sa classe
étaient déjà à l'autre bout de la galaxie, et contem-
plaient, bouche bée, les arcs-en-ciel arachnéens qui
éternellement étincellent au-dessus des impression-
nantes cataractes astryliennes.

Sous le prétexte d'une migraine, Georges put rester
au lit jusqu'à ce que Margery parte faire les courses.
Il savait parfaitement qu'on l'avait mis en pénitence,
de par le simple fait que personne ne lui avait monté sa
tasse de thé du samedi matin, qu'il prenait toujours au
lit. Marilyn, qui eût pu le faire en dépit de l'embargo,
dormait encore. La faim le poussa finalement à descendre en robe de chambre à la cuisine. Il y trouva
Mémé devant l'évier, en train de nettoyer la vaisselle.

— Bonjour, Mémé, lui lança-t-il avec une gaieté
qu'il était loin d'éprouver. Qu'est-ce qu'il y a pour le
petit déjeuner?

— J'ai tout lavé. Vous êtes en retard, répondit-elle
d'un ton revêche.

— Mais, nom de nom, j'ai faim.

— Faudrait surveiller votre langage, Georges
Cringe. Il n'y a aucune raison de jurer.

— Oh, va te faire fiche, vieille noix, marmonna en
sourdine Georges tout en ouvrant le réfrigérateur. Il
ne trouva à l'intérieur qu'un petit œuf très blanc, et
une pauvre tranche de bacon très gras.

— Sacré nom de nom! s'exclama-t-il furieux. On
dirait que la famine règne dans le pays! Qui a pondu
ça? Un pigeon?

Il enleva l'œuf de son alvéole, le posa sur le buffet
à côté de la pitoyable tranche de bacon, alluma la
cuisinière et chercha la poêle. Mémé ferma le robinet

d'eau chaude, souleva de l'évier un seau en plastique rouge et le posa par terre.

— Faudra vous presser, dit-elle, il y a une coupure de courant à dix heures.

Georges leva les yeux vers la pendule électrique. La petite aiguille était arrêtée. Craignant le pire, il tendit la paume au-dessus de la plaque du fourneau. Elle ne chauffait pas. Il resta muet, ne pouvant trouver en son vocabulaire de mots assez forts pour exprimer son sentiment.

Sa belle-mère trempa dans le seau un balai muni d'une serpillière et se mit à nettoyer le sol autour de ses pieds (à lui, Georges).

— C'est de votre faute, dit-elle, vous auriez dû descendre déjeuner avec tout le monde.

— Il faut vraiment que vous laviez la cuisine en ce moment?

— Il faut bien que quelqu'un le fasse, rétorqua-t-elle. On ne peut pas laisser tout le travail à Margery.

— Elle ou vous, peu importe, mais pourquoi juste en ce moment?

— Eh bien, avec cette coupure de courant, il est bien inutile que vous restiez dans la cuisine, n'est-ce pas? Et l'électricité ne reviendra qu'à midi.

— Mais je meurs de faim!

— Prenez donc des céréales.

Georges ouvrit de nouveau le réfrigérateur.

— Où est le lait?

— Je ne sais pas, moi. Oh, c'est samedi. On le livre toujours tard, le samedi. Mais il y a une boîte de lait en poudre dans le garde-manger.

Georges la gratifia d'un de ces regards qui remplacent la parole, quand la colère est trop forte pour être exprimée.

— Vous avez bien dit du lait en poudre? finit-il par murmurer.

— Oui. Mais je ne sais pas trop quel goût il a. Vous le trouverez au fond du placard.

Georges replaça très soigneusement l'œuf et la tranche de bacon dans le réfrigérateur et ferma la porte. Puis il sortit résolument de la cuisine, alla dans la pièce de séjour. Dans la desserte, il s'empara de la bouteille de whisky à moitié pleine et d'un verre. Il remonta lentement l'escalier, entra dans son bureau et claqua la porte derrière lui.

Selon son habitude, Sng Rmh s'était levé à l'aube, avait enfilé son costume de gymnastique, et avait fait au trot le tour du parc de Vohl. Il avait fini de lire le manuscrit de Zil deux heures auparavant, et son court sommeil avait été troublé par une série de rêves excessivement nets. Dans le dernier, la vieille Grll Grng lui était apparue, et avec un petit rire ironique lui avait offert un grand panier de champignons tachetés. Pour quelque raison que Sng Rmh ne pouvait se rappeler, ce rêve l'avait si profondément troublé qu'il s'était réveillé. Il avait été bien soulagé de voir que la vieille femme ne se trouvait pas au pied de son lit en chair et en os.

L'inquiétude engendrée par ses visions persista au cours de sa promenade hygiénique. Même l'apaisante *hwyllth* d'un troupeau de *gniss,* paraissant glisser comme une flotte d'étranges batos laineux dans une mer de brume d'un blanc laiteux sous un bosquet de *droth,* arbres écarlates, ne put la dissiper plus d'un instant.

Quand le conseiller, haletant, regagna le sanctuaire, il était arrivé à une décision. Il prit son bain en compagnie de Ptl et Sylf et leur dit d'annuler tout rendez-vous qu'il avait pu accepter pour cette journée-là.

— Allez-vous faire des visites, Maître? s'enquirent-elles.

— Tout juste, mes chères enfants. Sortez donc mon costume de voyage, voulez-vous? Et mon manteau de Conseiller privé.

— Désirez-vous notre compagnie, Maître?

— Non, mes miroirs, je ne crois pas. Je veux que ma visite soit aussi peu cérémonieuse que possible.

Ptl et Sylf se jetèrent un coup d'œil.

— Et quand pouvons-nous espérer votre retour, Maître? demanda Ptl.

— Vers l'heure du dîner, certainement, répondit le vieil homme. Et si tout va bien, rien ne nous empêchera de célébrer notre réunion par une petite fête et une soirée de *grok*. Cela vous convient-il, mes enfants?

Leur sourire radieux ne lui laissa aucun doute sur leur réponse.

Si l'on voulait imaginer une antithèse cosmique au *grok* chnassien, ce serait sûrement cette privation que certaines épouses et mères terriennes jugent bon d'infliger délibérément à leurs maris et enfants infortunés, à titre de punition pour quelque faute commise, et qui consiste à ne plus leur manifester d'amour. Margery était experte en la matière. Elle pouvait se promener pendant des jours, sa rancune enfermée en elle comme un bloc de glace, résistant à toute tentative de le faire fondre. Ses lèvres, que la nature avait dessinées fortes et généreuses, se serraient sur ses dents, ses traits se figeaient, elle offrait à tous un visage fermé. Ses épaules même semblaient plus étroites, comme si elle se repliait sur elle-même pour mieux ressasser les offenses à elle infligées. « Je souffre », clamait tout son corps, « et c'est votre faute. » Ses enfants, qui avaient tous à un moment ou l'autre de leur existence, été la cause de ce phénomène le reconnaissaient instinctivement. Ils appelaient cela la « mauvaise humeur de Maman », et l'acceptaient à peu près comme les citadins du Moyen Age les calamités du genre de la peste — autrement dit comme une chose qui était probablement un châtiment du ciel et finirait bien par disparaître. Entre-temps, ils la supportaient stoïquement, se sentaient collectivement coupables, et ne laissaient

passer aucune occasion de filer hors de portée de
l'humeur maternelle.

Or, l'humeur de Margery pendant qu'elle poussait
son chariot à travers le supermarché de l'endroit, ce
samedi matin, était un classique du genre. Elle avait
sans doute été exacerbée par le fait que Georges
l'avait « prise au dépourvu », la nuit dernière, comme
elle se le disait amèrement. Elle entendait par là qu'il
avait réussi à exploiter en elle cette veine de sensualité primitive, qui était à la fois la honte de sa vie et
la source de quelques-uns de ses souvenirs les plus
heureux. Eh bien, elle le lui ferait payer cher! Pas de
doute! Elle ne le laisserait plus la toucher pendant un
mois au moins, pas même s'il se mettait à genoux
pour la supplier de... qu'il essaie, seulement, oui qu'il
essaie, et il verrait!

Pendant que ce défi muet s'arrêtait dans sa gorge,
il arriva qu'elle vît juste en face d'elle un rayon de pots
de gelée — pur sucre, pur fruit. Et particulièrement
un pot de framboise. Une seconde ou deux son visage
figé se détendit et son expression devint si différente
de ce qu'elle avait été qu'elle en parut rajeunie de dix
ans au moins. Elle tendit la main, prit un pot, puis
avec une sorte de frisson, le reposa sur l'étagère.

— Oh, maman, pourquoi pas? dit Katie d'une voix
pressante.

— C'est trop cher.

— Papa l'aurait acheté, lui.

Margery serra les lèvres, jeta un coup d'œil à sa
liste d'achats.

— Il nous faut une bouteille de vinaigre, Katie. Il
y en a en solde. Mike, va chercher de l'eau de Javel.

Les enfants sentirent que la voix de leur mère rede-
venait glaciale et ils se recroquevillèrent intérieurement.

Rares sont les foyers chnassiens qui n'emploient
pas au moins un couple de *rortls*. Ces aimables petites

créatures adorent les travaux domestiques et rien ne
les rend plus heureuses que de s'activer dans la maison avec un chiffon à poussière, ou de nettoyer l'ar-
genterie. A première vue, elles ressemblent un peu à
de gros koalas. Leurs plus grands défauts sont d'abord
une tendance à vouloir régenter toute la maisonnée,
ensuite une certaine répugnance pour le changement.
Mais comme une grande part des tâches domestiques,
sur Chnas, est sanctifiée par des rites, ces deux
défauts pourraient presque être considérés comme
des vertus.

L'une d'elles ouvrit la porte à Orgypp et excusa
immédiatement Llylly qui, dit-elle, soignait Ynon.

— La pauvre petite, ajouta-t-elle par parenthèse,
c'est vraiment triste! Elle qui avait tellement envie de
faire ce voyage à Astryl!

— Oui, j'ai appris qu'elle était malade, et j'espère
que ce n'est pas grave.

— Ils l'ont veillée toute la nuit, dit le *rortl,* prenant
la cape d'Orgypp, avant de la précéder dans le salon.
Elle voyait des choses qui n'étaient pas là, semble-t-il.
Mais voilà notre Maîtresse.

Et le *rortl* plissa le nez et s'en fut à son travail.

— Bonjour, Orgypp. C'est bien aimable à vous
d'être venue.

Les deux amies pressèrent leurs paumes l'une
contre l'autre et se touchèrent le front.

— Comment va-t-elle, Lly?

— Beaucoup mieux, *oho* merci! Mais quelle nuit
nous avons passée!

Llylly se laissa tomber sur le divan et eut un profond soupir de soulagement.

— Bo m'a dit qu'elle *voyait des choses,* si j'ai bien
compris.

— Ou plutôt qu'elle ne voyait rien, Orgypp!

— Pas possible!

— Pour commencer, elle ne pouvait nous voir.

— Incroyable!

— Elle nous entendait fort bien, et si elle restait les yeux fermés, tout était normal. Mais quand elle les ouvrait, nous n'étions pas là. Elle disait qu'elle se trouvait ailleurs.

— *Ailleurs?*

— Vraiment, c'était on ne peut plus étrange, impressionnant. Frd pensait qu'elle participait à quelque sorte de *gryllook* insensé. Seulement, elle était toujours avec nous.

— Vous avez fait venir le médecin?

— Oui. Mais, franchement, Orgypp, je crois que le vieux Goink n'est plus en âge d'exercer sa profession. Il a commencé par nous faire mettre à genoux tous les deux, puis nous a demandé de rire, sans trop de bruit, avec lui. Ensuite, il a couvert d'un bandeau les yeux d'Ynon et lui a prescrit une boisson chaude au lait caillé.

— Pourtant, cela a l'air d'avoir été efficace.

— Frd pense qu'elle se serait guérie toute seule, finalement, et à mon avis, il a raison.

— Goink vous a-t-il dit quelle était la cause de la maladie, selon lui?

— Les champignons.

— Qu'en pensez-vous?

— C'est possible, j'imagine. Goink a dit qu'il y avait eu un ou deux cas pareils en ville. Mais Frd et moi en avons mangé et n'avons pas été malades. Vous en avez d'ailleurs mangé vous aussi, après tout.

— Oui, ils étaient délicieux.

— Alors, que penser?

Orgypp se demanda si elle allait raconter à son amie son étrange expérience de la veille au soir, puis décida de n'en rien faire.

— Ynon est-elle réveillée?

— Oh! oui, elle est assise dans sa couchette, gaie comme un *tkkl*. Vous devriez monter la voir. Je vais demander à Bo de nous préparer une tasse de *lakh*.

Orgypp trouva Ynon comme Llylly la lui avait

décrite. Assise, jambes croisées, sur sa couchette, elle était penchée sur un cahier de dessin et coloriait laborieusement des images.

— Bonjour, Orgypp, venez voir ce que j'ai fait.

Orgypp s'approcha de la fillette, toucha son front du sien.

— Grand *oho!* s'exclama-t-elle, irrévérencieusement. Qu'est-ce que c'est que ça!

— Eh bien, expliqua Ynon, c'est l'endroit où j'étais.

Orgypp considéra le dessin, puis regarda Ynon, puis revint au dessin.

— Mais qu'est-ce que c'est? Que sont toutes ces choses-là?

— Je ne sais pas. Je croyais que vous pourriez me le dire.

Orgypp fut prise d'un frisson.

— Oui, murmura-t-elle. *Je sais* ce qu'elles sont, Ynon. On les appelle des *otos*.

— Des *otos?* Ce sont des animaux?

— Non, fit Orgypp, hochant la tête. Les gens montent dedans pour se faire transporter d'un endroit à un autre, murmura-t-elle. Zil les a inventées pour la Derre de Chorge.

— Je *pensais bien* que ce que je voyais là-dedans, c'était des gens, mais je n'en étais pas sûre, dit la petite Ynon.

En dépit des affirmations de son épouse et de sa mère, Georges n'avait rien d'un buveur endurci. Bien qu'il pensât parfois qu'il eût pu le devenir si seulement l'alcool avait été moins cher. Il aimait bien cette façon qu'avait le whisky d'arrondir les angles de la réalité.

Debout devant la fenêtre de son bureau, il apercevait les vagues contours de son image non rasée dans la vitre sale. Il attendait que la potion magique fît son effet.

— Ce qu'il te faudrait, pensait-il, c'est « une matrice

avec vue sur le monde ». Oui, mon vieux, quelqu'un
de chaud et de tendre pour que tu puisses te blottir
dans ses bras et hiverner. Et qu'as-tu en réalité?
Certainement pas ça!

Il avala une autre gorgée d'alcool. Médita sombrement sur son destin. L'ennui, c'est qu'en vérité il
avait épousé deux femmes. Dont l'une était toujours
prête à faire disparaître l'autre. Pourquoi Marge ne
pouvait-elle reconnaître que faire l'amour était un
plaisir, que les rapports entre les époux étaient faits
pour donner de la joie, et s'abandonner à ses instincts?
Pourquoi fallait-il qu'on le qualifiât par-dessus le
marché de répugnant pervers! De quoi diable avait-
elle si *peur?*

— Ah, les femmes! gémit-il à haute voix. Les sacrées
femmes! Pourquoi, au nom du ciel, pourquoi n'ac-
ceptent-elles pas d'*être* femmes, tout simplement?

Il alla à pas traînants vers son bureau. S'affala
sur la chaise. Son cahier était toujours ouvert, la
phrase toujours inachevée. Il relut le paragraphe et
se rappela avec quel plaisir il avait pensé à écrire la
description de ces champignons pendant tout cet
interminable cours de science à la classe de troisième B, hier matin. Et maintenant, son intérêt pour
la chose s'était évanoui. Tout cela était bien bizarre.
Agénor, le seul coin de sa vie qui existât indépen-
damment de Margery. Et pourtant, elle trouvait le
moyen, savoir comment, de s'y introduire furtivement
et de le rendre dérisoire. Étrange, vraiment.

Il passa la main sur son menton piquant d'une
barbe de la veille, se gratta le crâne, examina ses
ongles d'un œil sévère.

— Allons, Cringe, mon vieux, ressaisis-toi. Ou elle
te mettra knock-out au premier round.

Ce disant, il dévissa la capsule de la bouteille, y
reversa ce qui restait dans son verre puis, toujours
d'un pas traînant, traversa le palier pour aller à la
salle de bains.

Tout conseiller chnassien est tenu d'assister chaque année au Conseil des guides pendant une période déterminée. Cela pour qu'il y ait toujours douze conseillers présents. Nombre en effet nécessaire pour qu'on pût convoquer, en cas de besoin, une assemblée plénière. Le protocole exigeait également que parmi les douze il y eût un nombre égal de Chnassiens des deux sexes. *Thrunng* à l'endroit, *thrunng* à l'envers entrelacés, aucun ne dominant l'autre, tous les conseillers riant doucement en parfaite harmonie, le cercle de *grok* atteint à une unité pratique et symbolique, laquelle est à la fois la quintessence de l'antique culture chnassienne, et un véritable modèle de *oho*.

Sng Rmh arriva dans la Chambre du conseil pour y trouver ses pairs en train d'étudier un rapport qui venait juste d'arriver du district de Cryth, dans la province de Knyff. Une sous-espèce de champignons, jusque-là inconnue, avait fait son apparition du jour au lendemain, semblait-il, et en nombre considérable, sur les terrains marécageux bordant le littoral. D'un jaune éclatant, ils avaient pour signe distinctif un semis abondant de taches d'un bleu céleste. On avait d'abord cru qu'il s'agissait là d'une forme de croisement génétique entre le *frtl* safran, comestible et fort goûté de la population, et le *celestis* pourpré — champignon dont les propriétés médicinales étaient depuis longtemps appréciées sur toute la planète. On examina la nouvelle espèce, on fit quelques essais qui confirmèrent sa nature essentiellement bénigne, et les habitants de l'endroit en cueillirent et consommèrent des quantités considérables. L'affaire eût pu en rester là, en rendant grâce à *oho* comme il se doit d'avoir ajouté un délectable ingrédient à la *hwyllth* culinaire, si certains symptômes bizarres n'avaient commencé à se manifester parmi les consommateurs n'ayant pas encore atteint l'âge du *grok*. On n'avait encore pu établir les caractères précis de l'affection, mais sa nature générale peut être déduite du fait que chez les enfants eux-mêmes on commençait à la qualifier de *gryllook-de-l'autre-côté-du-miroir*. Le rapport se terminait par une prière au Conseil des guides : voudrait-il donner son opinion sur la question?

Drg Myff, le président du mois, sollicita l'avis des conseillers présents et obtint quelques autres renseignements — des on-dit, en grande partie — sur la nature de ce *gryllook-à-travers-le-miroir*. Il fut alors décidé de publier sans délai une proclamation, un « Conseil général », mettant en garde les parents contre les champignons, et leur demandant de ne plus permettre à leur progéniture d'y goûter tant que la véritable nature de leurs effets à court et à long terme n'aurait pas été étudiée plus à fond.

On s'occupa ensuite de deux ou trois affaires en retard depuis la dernière session, lesquelles furent rapidement réglées, puis Drg Myff posa la question rituelle : « Y a-t-il encore quelque sujet à traiter au cours de cette séance? »

Sng Rmh toussa, se leva.

— Puis-je demander au conseil de m'accorder quelques minutes?

— Bien entendu, Sng Rmh, notre vieil ami à tous, dit Drg Myff avec un sourire. Quelle affaire vous amène donc ici, et pourquoi avoir quitté précipitamment le parc de Vohl?

— Une affaire des plus urgentes, monsieur le Président, je vous l'assure.

— Nous vous écoutons, Conseiller. Et je vous promets que vous aurez toute notre attention.

Sng Rmh montra le manuscrit de Zil. Il expliqua brièvement comment et pourquoi on le lui avait confié. Puis il relata son examen des *rhns* et les phénomènes sans précédent qui avaient accompagné le rituel.

— A présent, avec votre permission, monsieur le Président, je voudrais lire au conseil certains passages particulièrement intéressants de cet ouvrage remarquable, car je suis fermement convaincu qu'il n'est pas sans rapports avec les phénomènes que je viens de décrire, ce qui est assez extraordinaire.

Les membres du Conseil hochèrent la tête en signe d'approbation. A la vérité, l'étrange histoire de Sng Rmh était l'affaire la plus passionnante qui se fût présentée devant l'auguste assemblée depuis une éternité. Drg Myff demanda donc à Sng Rmh de reprendre la parole. Sng Rmh leur donna quelques explications sous forme d'une courte introduction, lut le titre et le sous-titre de l'ouvrage de Zil, puis entama le chapitre consacré aux mœurs et coutumes de la société sur la planète Derre. Il n'avait pas terminé la première page que déjà le Conseil tout entier manifestait son ravissement. Cela commença par des petits rires, des gloussements discrets, puis finit par exploser en un irrésistible accès d'exultation *ohoienne*. Au point que les vénérables membres de l'assemblée en arrivèrent à s'embrasser l'un l'autre, à pleurer de joie, dans une délirante manifestation de leurs sentiments.

Quand Sng Rmh arriva au passage sur les guerres de religion, il fut lui-même obligé de s'arrêter pour s'essuyer les yeux. L'idée était si sublimement idiote que seul *oho* avait pu l'inspirer à l'auteur. Penser que le gentil petit Zil Bryn avait pu à lui seul inventer un concept aussi fantastique, aussi incroyable, c'était trop!

Drg Myff fit signe à Sng Rmh de cesser de lire un instant et lui montra l'une des conseillères qui s'était laissé glisser au bas de son fauteuil et se roulait par terre, agitant spasmodiquement ses *thrunngs* tendus, qui tentaient d'embrasser l'air frémissant. Deux *rortls,* ses assistants, se précipitèrent vers elle et l'aidèrent à reprendre sa place.

— Du *lakh!* fit le Président d'une voix asthmatique. Au nom de *oho,* apportez-nous du *lakh!*

La pause qui s'ensuivit permit de redonner aux débats un certain ordre, et un sentiment du réel qui leur avait jusque-là diablement manqué. Buvant à petites gorgées leurs bols de *lakh,* les conseillers furent même capables au bout d'un certain temps de discuter de façon plus ou moins raisonnable de la nature de leur expérience. Tous s'accordèrent pour dire que *Le Pèlerinage de Chorge Gringe* était une œuvre de génie, du plus haut comique, et en laquelle la main de *oho* était partout apparente. Après tout, qui, sinon *oho* lui-même, eût pu concevoir un monde en lequel toute valeur sensée se tenait, si l'on pouvait dire, sur la tête, au point que ses habitants stupéfiés se détruisaient les uns les autres au nom du *grok,* tandis qu'en même temps *grokker* était synonyme de péché? Génie. Pur génie.

Mais ce génie suffisait-il à expliquer le mystérieux comportement des *rhns?* Sng Rmh n'en était pas sûr. Pouvait-il, d'autre part, remplir les conditions requises — dans la *Divination* de Jhn Nwt — pour l'accomplissement d'une plaisanterie si magnifiquement absurde que *ce qui est* deviendrait *ce qui n'est pas* et *vice versa?* Qu'en pensait le Conseil?

Le Conseil pensa, après mûre réflexion, qu'il lui faudrait interroger Zil Bryn lui-même avant de se prononcer.

Sng Rmh eut donc pour instructions de demander à l'auteur de bien vouloir assister à la séance plénière, qui allait être convoquée sans délai.

Entre-temps, ceux des conseillers qui se sentaient à la hauteur de cette tâche ne pourraient mieux faire que de s'offrir le plaisir de lire quelques autres échantillons des délicieuses folies de la planète Derre.

Le moment le plus passionnant de chaque *gryllook* trimestriel était sans aucun doute la visite de la cité sous-marine des Drypidons.

La planète Astryl étant en grande partie recouverte d'eau, il n'était que naturel que *oho,* en son humour infini, créât une race d'êtres spécifiquement faits pour mettre en valeur la *hwyllth* d'un tel milieu. Il avait triomphalement réussi avec la création des Drypidons. A les voir, ils ressemblaient beaucoup aux dauphins terriens, bien que le plus gros d'entre eux n'eût jamais plus de deux mètres de long du bout du nez à la queue. En moyenne, ils mesuraient environ un mètre cinquante. Ils possédaient ces nageoires de la queue qu'on voit aux dauphins, le même aileron dorsal et ce sublime sourire *ohoien* qui est la contribution toute particulière des dauphins à la *hwyllth* terrienne. Mais là s'arrêtait la ressemblance, car chaque Drypidon portait, cachée en ses flancs fuselés, une paire d'ailes nageoires escamotables qui lui permettait de s'envoler et de faire à volonté toutes les cabrioles possibles au-dessus des eaux toujours houleuses qui recouvraient sa planète.

De toutes les formes de vie que les Chnassiens avaient rencontrées en explorant leur galaxie, seuls les Drypidons leur avaient fait éprouver un certain sentiment d'infériorité. Ils reconnaissaient en eux l'incarnation parfaite de la *hwyllth*. Il était apparemment impossible à un Drypidon d'exécuter un mouvement qui ne fût la grâce même, d'émettre un son qui ne fût harmonieux. Ils avaient choisi la danse comme mode d'expression convenant le mieux à leur nature, bien que ce mot ne puisse en aucune manière évoquer la sublime complexité d'une forme d'art qui s'était perfectionnée pendant des millénaires et dont la scène était toute la biosphère d'Astryl. Au cours de ces sortes de représentations les Drypidons communiquaient vocalement et télépathiquement à la fois; un grand festival de danse durait souvent des années.

Ces aimables créatures n'avaient pas d'ennemis. Elles se nourrissaient de plancton et d'algues. Elles

avaient, elles aussi, découvert longtemps auparavant
la technique du *gryllook,* mais ne l'utilisaient presque
jamais. Elles accueillaient les Chnassiens sur leur
planète avec une sorte de tolérance amusée et faisaient de leur mieux pour les mettre à l'aise et les
bien recevoir. A cet effet, elles avaient construit un
grand aquadôme transparent au centre de l'océan
Astrylien. Le sommet de ce dôme s'élevait à une assez
grande hauteur au-dessus de l'eau, était équipé d'un
fanal nécessaire au *gryllook* et d'une plate-forme
de mise au point pour aider les voyageurs dans leur
hwoming.

Zil conduisit ses élèves jusqu'au dôme et comme le
temps était chaud et ensoleillé, il leur permit d'ôter
leurs vêtements et de rejoindre dans l'océan les Drypidons. Quant à lui, il descendit la rampe en spirale
pour aller bavarder avec le Drypidon qui avait pour
tâche de s'occuper du bien-être des visiteurs. Zil
était à peu près sûr qu'ils s'étaient déjà rencontrés
plusieurs fois auparavant, mais il lui était difficile
d'en être certain, car pour un Chnassien, tous les
Drypidons se ressemblent; en outre, chaque renseignement fourni à l'un d'entre eux était transmis
télépathiquement à tous les autres et s'ajoutait au
fonds commun de savoir. Il avança un *thrunng* vers
l'évent du Drypidon et ils *grokkèrent* cérémonieusement.

— Nous avons vu qu'il vous manquait une de vos
élèves aujourd'hui, lui « dit » le Drypidon silencieusement en un chnassien parfait. C'est la petite Ynon,
n'est-ce pas?

Zil répondit qu'il ne se trompait pas, en effet. Il
devina que le Drypidon avait reçu ce renseignement
du reste de sa classe — télépathiquement, ou tout
simplement en écoutant parler les enfants.

— Ce n'est rien de grave, j'espère?

Zil expliqua du mieux qu'il put ce qu'il croyait
être la raison de l'absence d'Ynon.

Le Drypidon exprima sa sympathie par une sorte de petit gloussement.

— Nous savons que cela ne nous regarde pas, dit-il, mais nous nous demandons tout de même si vous avez considéré la possibilité d'un chevauchement?

— Quoi? dit Zil, qui ne prêtait pas une attention très soutenue à ce qu'on lui disait. Je vous demande pardon, je n'ai pas bien...

— Oui, de l'empiétement d'un continuum asomatique sur un autre, murmura le Drypidon, empiétement dû à une juxtaposition biaxe d'un ou de plusieurs êtres énantiomorphes [1] compatibles.

— Oh! fit Zil.

— Nous nous le sommes demandé, continua le Drypidon, pour cette seule raison que s'il en est ainsi, vous pourriez bien vous retrouver dans des situations fort difficiles...

— Vous voulez dire que...

— Parfaitement, affirma le Drypidon. Après tout, c'est pour cela que nous avons abandonné les plaisirs du *gryllook*.

— Vraiment? Je l'ignorais.

— Cela a dû se passer à peu près à l'époque où vous autres, Chnassiens, découvriez la technique, murmura encore le Drypidon d'un ton rêveur. Et nous ne vous en parlons qu'au cas où cela pourrait vous être utile.

— Je vous en suis fort reconnaissant. Mais, pour être tout à fait franc, je ne suis pas absolument sûr de comprendre comment cela peut...

— Bon, de toute façon, cela ne durera pas très longtemps, dit le Drypidon. Nous pouvons l'affirmer. Mais pendant que cela dure — si la chose se produit, bien entendu — nous vous conseillons de

1. *Enantiomorphe* : Qui est formé des mêmes parties disposées en ordre inverse, de façon à être identique sans être superposable; comme, la main gauche et la main droite. *(N. d. T.)*

ne pas trop utiliser la technique du *gryllook*. A tout hasard, vous comprenez.

Zil acquiesça d'un signe de tête.

— Nous avons perdu six cent cinquante mille des nôtres en une seule fois, au cours d'un *gryllook,* dit le Drypidon.

— *Six cent cinquante mille!*

— Eh oui! Mais n'oubliez pas que nous ne sommes point des individus comme vous Chnassiens. Ils ne formaient qu'un seul être.

— Mais où sont-ils allés?

— Nous n'avons jamais pu le découvrir. Comme il est étrange de penser qu'il y a presque certainement un autre Astryl qui tourne quelque part. Ou un autre Chnas, d'ailleurs.

— *Un autre Chnas!*

— Ou quelque chose qui lui ressemble beaucoup.

— La Derre, murmura Zil.

— Qui sait? fit le Drypidon qui, bien entendu, saisissait les concepts naissant en l'esprit de Zil avant même que ce dernier ne les exprimât. Pourquoi pas? Rien ne l'empêche, selon nous.

— Et Chorge?

— Ah, là, nous ne pourrons vous répondre, je le crains. N'oublions pas qu'aucun de nous n'est jamais revenu pour nous dire à tous ce que nous avions découvert. Mais nous supposons, cependant, qu'il y a une possibilité que Chorge et vous soyez personnellement énantiomorphes.

— Grand *oho!* murmura Zil. Et il faut que je *gryllooke* cette petite troupe jusque chez nous avant le coucher du soleil!

— Je n'aimerais pas être à votre place, répondit le Drypidon, plein de sympathie.

— Oh! oui, fit Mémé, d'un ton acerbe, il est descendu. Et il en a fait des histoires! Comme si c'était ma faute s'ils ont coupé le courant!

— Et Marilyn? demanda Margery.

Mémé renifla, leva les yeux au plafond.

Mike entra, chancelant sous le poids d'une grosse boîte en carton pleine de nourritures diverses. Il la laissa tomber lourdement sur la table à côté des paniers à provisions.

— Je vais chez Terry maintenant, maman, déclara-t-il. A tout à l'heure.

— Tu rentres à une heure et demie au plus tard!

Il sortit, claquant la porte d'entrée derrière lui. Katie avait déjà trouvé refuge dans son cours de danse du samedi matin.

Margery déboutonna son manteau, le suspendit derrière la porte de la cuisine.

— Le bacon a encore augmenté, dit-elle avec un soupir, et les tomates aussi.

— Et qu'est-ce que c'est que ça, alors? demanda Mémé, d'un air soupçonneux. Après avoir vidé le contenu d'un des paniers sur la table, elle jetait un coup d'œil dans un sac en papier.

Margery tourna la tête, rougit un peu.

— Oh, ça! C'était en solde chez Kellman.

— Ah, ah! C'est un peu coquin, non?

— Après tout, ce n'est pas pour toi, maman.

— Fais attention, Marge, dit la vieille dame sévèrement. Tu ne veux pas lui donner des idées? Il en a assez comme ça!

— Je ne comprends rien à ce que tu dis. Donne-moi ça. Je vais le ranger dans la chambre.

Avant de monter, elle prit l'aspirateur dans l'armoire sous l'escalier, l'emporta dans la chambre à coucher. En passant devant la chambre de Marilyn, elle essaya d'ouvrir la porte. Elle était fermée à clef.

— Tu as l'intention de dormir toute la journée? cria-t-elle.

Il n'y eut pas de réponse. Le nez de Margery eut l'air de devenir plus pointu, si l'on peut dire. Elle traversa le palier, ouvrit la porte de la chambre conjugale. Georges était assis devant la coiffeuse et se coupait les moustaches avec une paire de ciseaux à ongles.

— Bonjour. Il y a longtemps que tu es rentrée?

Margery laissa tomber l'aspirateur, déroula le fil, et s'approcha de la prise.

— Voyons, ma chérie, fit Georges avec un soupir à peine audible, je t'ai fait mes excuses, n'est-ce pas? Qu'est-ce que tu veux que je te dise de plus?

Margery voulut brancher l'appareil. Mais le courant était toujours coupé. L'aspirateur resta muet. Georges eut l'idée qu'elle lui reprochait ça comme le reste. Il fit encore une tentative de réconciliation.

— Veux-tu que je t'aide à faire le lit?

— Je peux le faire seule.

— Je le sais bien, je voulais juste t'aider.

— Oh! laisse-moi tranquille!

Georges secoua lentement la tête.

— Il me semble me rappeler un jour où tu étais gaie, dit-il pensivement. Oh! il y a bien trois ans de cela! J'avais gagné vingt-cinq livres au tirage au sort des bons du trésor. Nous étions tous allés au parc d'Arundel. Tu t'en souviens?

Margery tapait sur les oreillers pour les regonfler, comme si elle les haïssait. Elle n'ouvrit pas la bouche.

— Pense à la nuit dernière, continua-t-il. Dans ce lit même. C'était merveilleux, non? Et pourtant, regarde la tête que tu fais ce matin.

— Oh! laisse-moi tranquille, marmonna-t-elle.

— Mais que veux-tu donc? persista-t-il. Si je le savais, je pourrais peut-être faire quelque chose?

Elle se redressa alors, le regarda droit dans les yeux pour la première fois depuis qu'elle était entrée.

— Mais tu ne comprends pas? répondit-elle, méchamment. Je ne veux qu'une chose : ne plus te voir, c'est tout. Va-t'en. Laisse-moi tranquille.

— Mais, nom de nom, Marge, fit Georges, ahuri, qu'est-ce que j'ai fait?

Il n'y avait pas de réponse possible à cette question, et Margery n'essaya donc pas d'y répondre. Elle se pencha sur le lit, étala les draps, les replia sous le matelas, mit les couvertures. Tout cela bien raide et sans un pli. On eût dit qu'elle avait revissé le couvercle d'un cercueil. Puis elle posa sur le tout le couvre-lit, comme un linceul, et le lissa de la main.

— Bon, fit Georges, si c'est comme ça, au revoir.

Il marcha vers la porte, se retourna à demi comme pour faire à son épouse quelques autres observations, puis se ravisa, apparemment, et sortit.

Margery attendit que lui parvienne le bruit de ses pas dans l'escalier, puis elle alla à la coiffeuse, remit en ordre les brosses et peignes. Cela fait, elle ferma à clef la porte de la chambre, prit le sac en papier sur une chaise, l'ouvrit, en tira une chemise de nuit de dentelle noire. Elle la déplia, la tint devant elle, et regarda son image dans la glace. Au même instant, l'aspirateur démarra brusquement avec un beuglement moqueur. Le courant était revenu.

La voiture était devant la porte, là où Margery l'avait laissée. Georges y monta, mit le contact, et partit vers le centre de la ville. Il n'avait en vue aucune destination particulière mais, à cet instant, n'importe quelle île déserte du Pacifique méridional eût fait l'affaire, et lui eût paru offrir de réels attraits. Un encombrement momentané dans la Grand-Rue l'obligea de s'arrêter en face d'une haute palissade sur laquelle était collé un panneau publicitaire vantant les mérites des saucisses pur porc. Ce qui lui rappela de nouveau qu'il n'avait toujours pas mangé. Pendant qu'il contemplait l'affiche, on frappa de façon pressante à la vitre de la portière. Un visage familier le regardait.

— Oh! bonjour, Wendell, fit Georges, abaissant la vitre.

— Bonjour, mon vieux. Vous pouvez m'emmener en ville?

— Bien sûr, montez.

Wendell grimpa dans la mini et replia les jambes comme une sauterelle. La circulation redevint fluide.

— Où allez-vous?

— Où y se passe des choses, mon vieux, l'informa Wendell.

— Et ça se trouve où?

— A *La Mitre,* bien sûr. La confé. Jenny ne vous en a pas parlé?

— Non, je ne crois pas.

Wendell ouvrit une serviette qui avait vu des jours meilleurs et en tira une liasse de feuilles polycopiées.

— Tout est là, mon vieux. Boomer préside. Brain-trust public, à partir de sept heures. 50 pence si on est pas membre.

— Ça m'a l'air intéressant. Est-ce que Jenny sera là?

— Oh, sûrement, dit Wendell, pliant le programme en deux et l'attachant avec un trombone au cendrier du tableau de bord. Elle a une passion pour Boomer.

— Oh! fit seulement Georges, décidant illico que ce Philip Boomer devait être de ces personnes qu'il avait du mal à trouver sympathiques. Et c'est sérieux? ajouta-t-il.

— Aux dernières nouvelles, mon vieux, y-z-ont mis le contact, et ça démarre.

Georges n'avait jamais entendu cette expression dans ce contexte, mais elle lui parut assez claire pour qu'il fût inutile de demander une explication.

— Et qui sera là, encore?

— Bill Tabard et Sylvia Kirt, sûrement. Probablement Pete Lampe, et peut-être Madge et Rog Flyte.

— C'est vous qui organisez cela?

— Je fais la liaison.

— Entre qui?

— La ville et l'université, mon vieux. Quoi d'autre?

Georges roula jusqu'à l'esplanade, le long du
front de mer et s'arrêta devant *La Mitre* — énorme
pâtisserie victorienne, toujours au bord de la faillite,
disait-on, mais qui s'arrangeait cependant pour ne
jamais tout à fait tomber dans le gouffre. Wendell
se déplia, descendit de voiture, ses genoux craquant
comme brindilles sèches.

— Cringe, merci pour cet acte de charité chrétienne.
Je vous en suis bien reconnaissant.

— Je vous en prie.

Wendell lui fit un large sourire, et transporta majestueusement son long corps maigre jusqu'en haut de
l'escalier, puis disparut par une des portes à tambour
de l'hôtel.

Georges se pencha sur le siège du passager à présent vide, ferma la portière. Puis il posa les deux
mains sur le volant et regarda la mer, l'air abattu.
Une brise de terre soufflait, aplatissant les vagues
arrivant du large, si bien qu'elles venaient s'étaler
mollement, comme à regret, sur les galets, chacune
déposant une identique petite boucle humide d'écume
jaunâtre. A mi-chemin de l'horizon, de tristes bateaux
de pêche s'agitaient comme des virgules animées.
Le ciel était couleur de cendres. Georges eut un
profond soupir, on eût dit le vent frémissant dans
les fils téléphoniques par une nuit humide. *Aidez-moi
à sortir de là! Aidez-moi à sortir de là! Aidez-moi à
sortir de là!*

— Stationnement interdit, fit une voix.

— Oh! Je m'en vais.

Il fit un signe de tête au gardien, mit le contact et
partit en quête de nourriture.

Le malaise planant sur Orgypp comme un *trll*
de mauvais présage depuis qu'elle avait parlé à Ynon
dans la matinée, s'accrut au point qu'il parut la couvrir complètement de son ombre quand elle entra
dans le premier bâtiment de l'école, et se dirigea vers

la salle de mise au point. Elle portait, en un rouleau, les trois dessins qu'elle avait empruntés à Ynon, et qu'elle avait l'intention de montrer à Zil dès son retour.

Elle se joignit au groupe de parents et de *rortls* venus de tous les coins de la ville chercher les enfants et bavarda avec eux à bâtons rompus jusqu'à ce que le doux bruit d'un gong les avertît de l'imminence du *gryllook*. Quand les dernières vibrations moururent et firent place au silence, ils entendirent tous ces trilles aigus, d'une ineffable douceur, prélude immédiat à la translation transcendantale. En quelques secondes, elles étaient devenues inaudibles et un instant plus tard, l'arène circulaire de la salle fut remplie d'enfants riants et babillants. Mais de Zil, point.

Les élèves sautaient et tournaient en rond, en attendant que leur professeur leur donne la permission de partir. Puis ils s'aperçurent peu à peu de son absence. Ils regardèrent autour d'eux d'un air de doute, murmurèrent, assez gênés. Et Orgypp dut s'avancer au milieu d'eux et leur demander où était Zil. Personne ne le savait.

— Mais il était certainement avec vous, insista la jeune Chnassienne. Il n'a pas pu vous laisser revenir seuls.

— Il était avec nous, fit la petite voix de Allt. Ils nous a comptés.

— Oui, oui, c'est vrai, c'est vrai, dirent en chœur les autres.

— Alors, où est-il à présent?

Ils secouèrent la tête : ils ne savaient rien. Tout ce qu'ils purent lui dire fut qu'une minute auparavant, ils se trouvaient encore autour de Zil en haut de l'aquadôme astrylien, à faire des grands signes d'adieu aux Drypidons. Puis Zil avait fait le compte à rebours, pour le *hwoming*. Et maintenant, ils étaient ici. Pas lui. Ils commencèrent à s'agiter et un ou deux se mirent même à renifler, au bord des larmes.

— Oh! il reviendra dans une minute, dit Orgypp, se mordant la lèvre. Ne vous inquiétez pas. Allez-vous-en, maintenant. La classe est finie. Et elle les fit sortir de l'arène avec de grands gestes.

Le bâtiment était vide depuis longtemps qu'elle restait encore là, debout, à réfléchir. Enfin, sa décision prise, elle murmura une prière à *oho,* alla jusqu'au centre de l'arène et regarda fixement le dôme de miroirs. Mille minuscules Orgypp baissaient les yeux vers elle. Elle avança encore de quelques centimètres jusqu'à ce que les images fussent toutes plus ou moins identiques, leva les yeux, prit une profonde inspiration et au moment où le souffle allait lui manquer, se mit à compter lentement jusqu'à dix. Elle respira encore profondément, tendit les *thrunngs* et accomplit les gracieux rites du *gryllook* qu'elle n'avait plus pratiqués depuis le temps où elle était elle-même élève à la petite école.

Jusqu'à ce que vienne le sentiment jamais oublié, la sensation de vertige... le glissement en arrière à travers... les doigts de *oho*... la chute...
volnt... vol... vl...
          ... *oh... oho... ho...*

                                        !o!

... oh... ohclapotissidoux des vaguelettes... ruée-calmes-chuchotements des tourbillons d'eau verte dans la lumière/crépuscule, toute de mauve striée d'or et —

— Salut, voyageuse du soir solitaire, murmura courtoisement un Drypidon qui planait par là.

Orgypp eut ce profond soupir que poussent les enfants longtemps après que s'est apaisé un gros chagrin.

— Je craignais d'avoir oublié comment m'y prendre, murmura-t-elle.

— Pour faire quoi?

— Pour accomplir le *gryllook,* expliqua Orgypp, puis

un peu tard, elle se rappela ses bonnes manières et tendit un *thrunng*.

Le Drypidon, sentant qu'elle était fort troublée, lui transmit la paix de l'esprit.

— Nous craignions que cela n'arrive, dit-il. Vous êtes Orgypp, n'est-ce pas?

— Oh, alors vous devez savoir où est Zil?

— Non, avoua tristement le Drypidon. Nous ne savons même pas s'il *est* encore.

Orgypp ouvrit grand les yeux. On eût dit des miroirs du ciel étonnés.

— S'il est encore? répéta-t-elle. Mais qu'est-ce que cela signifie?

Le Drypidon lui parla du « chevauchement ». Elle ne comprit pas plus que Zil ses explications.

Debout près du fanal du *hwoming* sur le toit de l'aquadôme, elle contemplait au-delà des ailes miroitantes de l'aimable Drypidon la splendeur inimaginable d'un coucher de soleil astrylien à l'extrémité d'un tapis marin de flammes liquides. Très haut dans les cieux, des myriades de Drypidons scintillaient comme des étincelles de diamant tandis qu'ils s'élevaient puis plongeaient vers Astryl, dans les figures compliquées de leur éternel ballet. Pour Orgypp, la *hwyllth* de la scène fut comme une douleur exquise qui parut arracher son âme même de son corps. Pendant un éternel instant, elle oublia qui elle était, où elle se trouvait, la raison de sa présence sur ce monde. Qui sait? tout ce qui avait formé son existence jusque-là n'avait peut-être été que le prélude de ce moment de révélation où le rideau était écarté, où il lui était permis d'entrevoir l'infinie merveille de *oho* et de la refléter en ses propres yeux.

Le disque du soleil glissa derrière l'horizon, aux limites du monde visible, on roula le tapis marin; et les étoiles dansantes une à une se transformèrent en lucioles dorées puis en étincelles de rubis et furent enfin éteintes par les ombres envahissantes.

Orgypp se tourna vers le Drypidon, découvrit qu'il avait disparu. Elle se trouvait seule sur le dôme. Mais elle crut apercevoir obscurément dans les eaux sombres des cercles et des cercles d'ombres minces dont les ondulations s'éloignèrent de plus en plus jusqu'à ce qu'elles se perdissent dans les ténèbres lointaines. Comme elle les contemplait, muette, émerveillée, elle prit conscience d'un murmure, d'un bruissement dans l'air au-dessus d'elle. Elle leva les yeux, vit qu'il était également empli de formes sombres, des centaines et des centaines de Drypidons planant à peu de hauteur. Elle n'eut pas peur, ne se sentit pas en danger même quand ses cheveux et sa cape flottèrent dans le courant d'air descendant lorsqu'approchèrent les ailes-nageoires et que l'un des Drypidons glissa jusqu'à elle et offrit son évent à la caresse de son *thrunng*. Elle *grokka,* emplie d'un irrésistible et profond sentiment de gratitude, et au même instant, l'air nocturne autour d'elle vibra d'un doux chant de consolation.

— Vous partagez votre *hwyllth* avec nous, Orgypp, murmura le Drypidon.

— Ma *hwyllth?* répéta Orgypp, sincèrement étonnée. Mais c'était la *vôtre.*

— La *hwyllth* véritable est dans les yeux de ceux qui la contemplent. C'est l'union de tous en une seule conscience. Une concentration de sentiments ensuite transmis. Tout art demande un spectateur; un grand art demande que le spectateur soit également grand. Nous serons donc éternellement vos obligés, chère Orgypp.

— Et moi je vous serai toujours reconnaissante de cet instant, murmura Orgypp. Que *oho* soit loué!

— *Oho* est la conscience que vous avez des infinies possibilités de l'univers, répondit le Drypidon.

— Oho est... Orgypp hésita... *Oho* est *oho,* achevat-elle, impuissante à exprimer ses sentiments.

Orgypp ne comprit jamais comment cela se passa,

mais le Drypidon sut absorber ce concept indicible,
et le traduire en un chant si pur, si gai, si radieux,
qu'elle oublia ses bonnes manières au point d'entourer
de ses bras le nez du Drypidon et de le serrer contre
elle, heureuse, extasiée. Ce fut un de ces rares moments
de parfaite perception *ohoienne* où tout *était*. Plus
rien n'avait d'importance. *Être* était tout.

A trois heures moins le quart, l'écran de télévision
du bar où était assis Georges scintilla brusquement
et annonça par l'image et par le son que le premier
ministre allait faire une importante déclaration sur
toutes les chaînes. Les braves clients assemblés là,
privés des informations données avant les courses
de trois heures à Fontwell Park, exprimèrent leur désa-
probation par des cris et des gémissements. Là-dessus,
le barman, depuis longtemps habitué à déférer aux
désirs de la clientèle, avança la main et coupa le son.

Georges vint chercher un autre whisky-soda, revint
à sa place et contempla, d'un œil légèrement vitreux,
l'écran montrant un gros plan du visage du très
honorable commandant en chef du gouvernement
de Sa Majesté. Le pauvre homme aboyait silencieusement son discours. Au bout d'une minute, Georges
fut pris d'un fou rire. Il y avait quelque chose de
suprêmement ridicule en l'orateur. Privés du secours
des mots pompeux, ces froncements de sourcils
désespérément sincères, ces hochements de tête
essayés devant la glace pendant des heures dans la
maison du 10, Downing Street, étaient tout simplement hilarants. En un instant, le bar fut secoué
d'une tempête de rires irrespectueux. D'autres clients
vinrent des salles voisines voir ce qui ce passait et
le rire contagieux les gagna tous instantanément.
Chaque mouvement de sourcil, chaque tremblement
de bajoue provoquait de nouveaux rugissements d'al-
légresse ironique et quand le premier ministre alla
jusqu'à menacer du doigt la caméra, un client dut

se plier en deux, atteint d'un douloureux point de côté.

— Ô Seigneur! murmura-t-il, essoufflé, dire que j'ai voté pour lui la dernière fois! En quoi donc qu'il est fait, je me le demande? en plastique?

— Il a raison! crièrent plusieurs voix. C'est pas un homme, c'est un mannequin!

— Un échappé du dernier feuilleton de science-fiction!

— Ou plutôt Donald Duck!

— La Chose venue d'Ailleurs!

— Quelle honte, quand même!

— Le pauvre type!

— Pauvres de nous, oui!

Georges chercha son mouchoir, s'essuya les yeux. Il fut alors douloureusement conscient de l'absurdité du monde dans lequel il vivait : ou ce n'était qu'un gigantesque abus de confiance, ou les hommes qui l'habitaient étaient tous fous. Cette réflexion le fit illico pleurer de rire une nouvelle fois. Quand il fut calmé, il vit que tout était redevenu normal sur le petit écran : on y pouvait admirer le paddock de Font-well Park.

Mais cela même à présent lui parut également absurde. De drôles de petits bonshommes, des nains en jolies petites bottes, grimpaient sur le dos d'énormes animaux aux naseaux fumants, tandis que d'autres hommes au visage sévère se tenaient aux alentours, s'abritant sous des parapluies. Et la pluie se déversait sur tout le monde comme les chutes du Niagara. Georges regarda les clients autour de lui et se rendit compte qu'ils ne partageaient pas sa façon de voir. Il ne put pourtant s'en débarasser. Il se paya un autre verre, acheta un paquet de pommes chips et chercha encore autour de lui quelque visage avec qui communiquer, un être qui eût l'air de pouvoir comprendre son sentiment. Il ne vit personne. Et pourtant, quelques minutes auparavant, ces mêmes gens se tordaient de rire devant l'image de leur chef, élu démocratiquement, qui faisait appel à eux, sans doute au nom du pays, au nom de la raison, au nom même — pour ce qu'il en savait — de la civilisation. Ne faisons pas chavirer le navire, avait-il sans doute expliqué, la prospérité est au coin de la rue. Tout vous appartiendra, vous n'aurez qu'à tendre la main pour prendre ce que vous voudrez, si seulement vous apportez à votre gouvernement le soutien dont il a besoin. Nous vivons en une grande démocratie, une glorieuse démocratie, nous sommes tous également actionnaires de cette société. J'en appelle donc à vous, en tant qu'Anglais — et Anglaises — en tant qu'Européens, en tant... qu'idiots comme moi, murmura alors Georges, plongeant la main dans le paquet de pommes chips.

— Pardon? fit le barman.

— Pourquoi ne donnent-ils pas plus de sel avec ces trucs-là? lui demanda Georges. Je me rappelle fort bien que quand j'étais enfant il y avait à l'intérieur du gros paquet un petit sachet de sel. Tout froissé. Bleu. Oui, du papier bleu, et même du papier ciré.

— Celles-là sont déjà salées, monsieur. J'en ai aussi des sans sel si vous préférez.

— Non, fit Georges, hochant la tête. Ce que j'aimais, c'était trouver le petit sachet au milieu des chips, l'ouvrir et saler moi-même les...

— Si vous en voulez un peu plus, fit le barman, l'interrompant avec un sourire, nous avons une salière ici.

Georges croqua ses chips d'un air morose, et refusa l'offre du barman. Ce dernier s'éloigna pour s'occuper d'un autre client. Sur le petit écran, on voyait à présent deux équipes d'hommes du Néanderthal se déplacer lourdement tels des troncs d'arbres animés sous une pluie battante, à la poursuite d'un ballon ovale, et s'assommer les uns les autres pour se faire tomber dans la boue avec une sauvagerie non dissimulée. Georges trouva leur activité à peine moins

dépourvue de sens que la harangue silencieuse du
premier ministre.

Il jeta un coup d'œil à sa montre. Trois heures dix.
Il se dit qu'il devrait peut-être téléphoner à Margery
pour expliquer où il se trouvait. Mais la seule idée
de sa froideur, le souvenir de la façon dont elle l'avait
repoussé lui fit faire une grimace de douleur, comme
s'il avait effleuré un nerf à vif. Un à un, il passa en
revue ses amis et se rendit compte qu'il n'en était pas
un parmi eux qui pût alléger le poids pesant sur son
âme, le fardeau d'être ce qu'il était, d'être lui-même,
d'être, tout simplement. Allons, allons, mon vieux, du
courage, faut pas se laisser abattre comme ça, secoue-
toi, diraient-ils, et ils se mettraient immédiatement
à le régaler d'une énumération de leurs propres soucis,
pour le réconforter. Ils étaient tous comme des rats
enfermés dans le labyrinthe diabolique d'un behaviou-
riste; essayant de faire comme si ce labyrinthe
n'existait pas réellement, ils restaient assis à se lisser
mutuellement les moustaches, l'air affairé, tout en se
rongeant en secret, jusqu'à en mourir. Cette image
fut si déplaisante que Georges essaya de la faire disparaître avec une autre bonne gorgée de whisky. Il
n'y réussit pas et se décida alors à descendre de son
haut tabouret de bar pour se rendre aux toilettes.

Pour y arriver, il lui fallut traverser une petite cour
pavée où l'on avait empilé des cageots de bière vides
à côté de boîtes à ordures trop pleines. Il eut l'heureuse
surprise de trouver des toilettes fort propres. Il se
planta en face d'une des stalles luisantes et plissa les
yeux pour mieux lire les graffiti au crayon. Parmi les
numéros de téléphone et les joyeuses et franches
obscénités, son œil vagabond découvrit un prénom :
Jenny. Il n'était accompagné d'aucune promesse de
plaisir, d'aucun avertissement quant à des maladies
contagieuses. Il brillait seul. A prendre ou à laisser.
Georges baissa les yeux, se secoua, referma sa fermeture Éclair.

— Pourquoi pas? murmura-t-il d'un air de défi.

Comme la sécurité, le *gryllook* est un état d'esprit. C'est aussi un mode de perception et en tant que tel, il a de multiples formes cosmiques. Chez nous, la seule forme qu'il lui soit permis de prendre est celle du rêve. Nous appelons nos rêves des « illusions », mais seulement parce que nous n'acceptons qu'un mode de perception particulièrement exclusif. En vérité, il existe encore quelques tribus terriennes qui savent reconnaître en leurs rêves l'autre face de la réalité. Nous appelons ces êtres-là des « primitifs ». Nous les trouvons frustes et crédules et les considérons comme des simples d'esprit. Quand nous avons quelque avantage à en tirer, nous nous mettons à les rééduquer. Nous appelons cela le « progrès ». Et cela consiste à détruire systématiquement leur antique mode de perception, pour le remplacer par le nôtre. Ce faisant, nous les détruisons avec la plus grande efficacité, mais nous nous détruisons aussi nous-mêmes.

Quand Zil Bryn *gryllooka* depuis le dôme d'Astryl, il crut, malgré les avertissements du Drypidon, qu'il retournerait sans encombre dans le parc de Vohl. Cette confiance trompeuse venait en partie du fait qu'il avait à peine compris un mot des explications métaphysiques données par l'aimable créature à propos du phénomène qu'elle nommait le « chevauchement », mais avant tout de cet autre fait qu'en dépit de tout ce que lui avait dit Sng Rmh, il ne pouvait toujours point concevoir comment une place comme la Derre pourrait avoir une existence matérielle. Une réalité en tant que *fiction,* d'accord. Après tout, ne l'avait-il pas créée lui-même, Zil Bryn? Mais qu'elle pût exister comme existait Chnas, en quelque — comment donc le Drypidon appelait-il cela? — ah, oui, en quelque « continuum asomatique »; non, vraiment, c'était trop! Ce qui montre tout simplement que le

mode de perception chnassien, bien que supérieur au
nôtre à bien des égards n'est pas encore totalement
parfait, quant à la compréhension qu'il permet.

Le *howming* de Zil le fit atterrir en plein milieu de
la corbeille de fleurs municipale qui occupait l'exact
centre géométrique des jardins de Beaufort. Son arrivée ne fut accompagnée d'aucune fâcheuse perturba-
tion physique. En fait, au sens terrien, il n'était tout
simplement pas là. Les seules créatures vivantes qui
réagirent à sa présence furent deux chiens qui *grokkaient* sur l'allée sablée entourant la corbeille. Ils
sentirent Zil à l'instant même où il arriva et s'en-
fuirent, en jappant de terreur. Ce faisant, ils déran-
gèrent une vingtaine de sansonnets qui s'envolèrent
tous ensemble. Deux cherchèrent refuge dans un
arbre proche. En chemin, l'un traversa la poitrine de
Zil et l'autre, sa tête.

Quand les oiseaux arrivèrent sur lui, Zil baissa instinctivement la tête et ferma les yeux. A l'instant où
il le fit, il entendit, lointaine mais étonnamment claire,
et comme si on l'avait, qui sait comment, miniaturisée,
la voix d'Orgypp.

— Où est Zil?

— *Orgypp!* hurla-t-il. *Orgypp, je suis là!*

— Mais il était certainement avec vous, l'entendit-il
dire. Il n'a pu vous laisser revenir seuls.

— *Orgypp! Orgypp!* cria-t-il désespérément.

Ignorant tout de lui, infiniment éloignées, les minuscules voix d'insectes chantonnaient, répondant aux
questions sur son absence. Il essaya deux fois encore,
mais sans succès, d'attirer leur attention. Quand
Orgypp eut renvoyé les élèves chez eux, Zil se rendit
compte que ce que lui avait prédit le Drypidon était
malheureusement arrivé. Sans savoir comment, il
s'était *gryllooké* non seulement hors de Chnas, mais
aussi hors de l'existence chnassienne. Mais était-ce
vrai? Il examina ses mains, le reste de son corps et
tout lui parut aussi réel que jamais.

Il se pencha, toucha le sol. Ses mains s'enfoncèrent à travers sans même déplacer un grain de poussière. A dix centimètres environ sous la surface visible, il rencontra quelque chose de dur et de parfaitement plat. C'était là-dessus qu'il se tenait.

Il se redressa, regarda autour de lui. La première vague d'affolement commençait à se retirer. On avait déjà vu un *gryllook* manquer son but, et bien que cela ne fût jamais arrivé, de son vivant, il savait que cela s'était déjà produit, et que ceux qui avaient subi cette expérience avaient fini par revenir sur Chnas pour raconter leurs aventures. Mais il y avait eu aussi le pauvre Mgn Rkhs, le vagabond sans foyer, pris au piège du temps. Que s'était-il passé, avec lui? Est-ce que Zil Bryn allait se retrouver dans un désert de Frg qui n'existait pas encore? Cette pensée l'emplit d'appréhension. Il en eut froid dans le dos. Néanmoins, il fallait affronter ce danger. Il ferma les yeux et commença les rites familiers, mais il n'en avait pas encore accompli la moitié qu'il savait déjà qu'ils échoueraient. La vague d'affolement revint, mais il refusa de se laisser submerger par elle. Il essaya une deuxième fois. Une troisième. Et chaque fois, au même instant, sut que ses efforts étaient vains. Puis, juste au moment où il allait se résigner à son sort, il entendit de nouveau la voix d'Orgypp. *Elle parlait à un Drypidon!*

Zil écouta, l'esprit confus. Parfaitement incrédule. Puis une idée insensée lui vint. Un concept accablant. *Et si tous les endroits de l'univers n'étaient qu'un seul et même endroit?* Et si Astryl, Sygmn, Prelon, Chnas, et, oui, la Derre même ne faisaient qu'un? N'étaient rien de plus que les pages d'un livre infini? Alors tout — mais *tout* — était Chnas! L'alpha était l'oméga! *Tomb* était *bmot!*

— *Oho,* murmura-t-il, oh, *oho!* Si Mgn Rkhs s'est perdu autrefois, que dire aujourd'hui de moi?

Georges, d'ordinaire, était un de ces conducteurs que l'alcool rend presque anormalement respectueux des lois. Une fois mûr pour l'alcootest, il ne permettait jamais à l'aiguille du compteur de dépasser les quarante-cinq kilomètres à l'heure. En ville, il laissait tous les piétons traverser en paix les passages cloutés. Ce qui le faisait remarquer — beaucoup plus même que s'il eût agi comme les autres. En de telles occasions, il avait souvent été suivi par des policiers méfiants, lesquels s'imaginaient sans doute qu'il apprenait à conduire seul, sans se soucier de l'auto-école et de sa plaque obligatoire.

Cet après-midi-là il abandonna son comportement familier. Il conduisit avec un mépris téméraire de la vie humaine et du code de la route qui le fit rentrer dans le troupeau des chauffeurs ordinaires. Il prit à toute vitesse l'avenue de l'Université, tourna sur les chapeaux de roues dans Beaufort Terrace et vint s'emparer d'une place libre devant la maison de Jenny avec un aplomb qu'il ne possédait pas d'habitude. Il bondit hors de la voiture, claqua la portière, la ferma à clef, et allait sauter sur le trottoir quand son regard fut attiré par une tache de couleur brillante, tremblotant comme un oiseau-mouche, en plein milieu des jardins de Beaufort. Son attention momentanément détournée de ce qu'il faisait, il heurta le trottoir du talon, tituba, vacilla, tomba lourdement par terre. Et se cogna le crâne au socle de fonte d'un réverbère du temps de la Régence. Il s'évanouit sous le choc.

Il revint à lui quelques secondes plus tard, convaincu que quelqu'un avait décidé de le trépaner avec un marteau-piqueur. La douleur lui traversait le crâne comme autant de coups de poignard, et venait aboutir juste derrière ses yeux.

— Aïe, aïe! gémit-il, serrant les dents. Et il réussit à se soulever sur un coude.

— Ça va-t'y, mon vieux?

— Quoi? fit Georges d'une voix rauque.

— On est tombé sur la tête, hein?

L'univers fracassé se reconstruisit autour de Georges. Il cligna des paupières, se releva, parvint à s'asseoir sur le trottoir et se tâta la nuque avec précaution. Elle était toute poisseuse. Ce qui l'inquiéta, bien entendu.

— Oh! miséricorde, gémit-il et il jeta un coup d'œil sur le bout de ses doigts. Ils étaient devenus vert sombre.

— C'est de la peinture, mon vieux, dit la voix. On a juste remis une couche ce matin.

Georges tourna la tête, leva les yeux vers un individu en salopette kaki couverte de taches, qui lui souriait avec bonne humeur.

— V'savez cru que c'tait du sang?

Georges acquiesça de la tête, eut un faible sourire et resta muet.

Le peintre de la municipalité se pencha et l'aida à se mettre debout. Ce faisant, il approcha le visage de celui de Georges.

— Eh ben! on s'en est mis plein la lampe, pas, mon vieux?

— Quoi? fit Georges.

Le peintre compréhensif cligna de l'œil et d'un geste porta un verre fantôme à ses lèvres.

— J'ai trébuché, dit Georges, et, se rappelant brusquement quelque chose, il regarda, de l'autre côté de la rue, les jardins de Beaufort entouré de grilles. Mais qu'est-ce qu'il peut bien fabriquer! murmura-t-il.

Le peintre tourna la tête vers le jardin, puis regarda de nouveau Georges.

— Qu'est-ce qu'y se passe, mon vieux? s'enquit-il.

Georges, sourcils froncés, l'air intrigué, une expression étrange sur le visage, avait toujours les yeux fixés de l'autre côté de la pelouse et de l'allée sablée, sur la corbeille surélevée formant le centre du jardin tiré au cordeau.

— Là-bas, ce type, dans une drôle de robe de chambre, qui agite les bras. Qu'est-ce qu'il fabrique?

— Bon, fit alors le peintre, hochant la tête, toujours de bonne humeur, mais l'air légèrement inquiet. Je suis en train de faire des heures supplémentaires. Vaudrait mieux que je me tire avant que le contre-maître se ramène. Si j'étais vous, mon vieux, je ralentirais un peu quand je lève le coude.

Cela dit, il s'éloigna sans se presser, laissant Georges debout sur le trottoir, le regard toujours fixé sur le jardin désert où se tenait Zil, enfoncé jusqu'aux chevilles dans le sol insubstantiel d'une planète sans existence matérielle. Pour la troisième fois, il accomplissait les rites mystérieux du *gryllook*.

Georges prit un mouchoir dans sa poche, essuya délicatement la bosse sur sa nuque.

— Sacré idiot, murmura-t-il. Que diable peut-il bien fiche, là-bas?

Il se détourna, marcha lentement sur le trottoir jusqu'à la maison de Jenny. En montant l'escalier menant à la porte grande ouverte, il jeta un dernier coup d'œil derrière lui. L'homme debout dans la corbeille avait les bras croisés devant la figure. Georges le regarda fixement. Il déplia les bras, les étendit brusquement comme un crucifié, et rejeta la tête en arrière, si bien que la lumière tomba sur son visage levé. Il était assez loin de Georges, mais celui-ci, mal à l'aise, fut envahi d'un étrange soupçon. Il crut avoir déjà vu ce visage, quelque part, à un moment quelconque. Possibilité qui l'emplit d'un trouble bizarre.

Orgypp revint au parc de Vohl comme les premières étoiles commençaient à percer la voûte des cieux, dans le crépuscule chnassien. Elle était encore enivrée par l'irrésistible *hwyllth* de son expérience sur Astryl. Elle semblait comme entourée d'une brume, d'un faible nimbe doré, tandis qu'elle sortait rêveusement de la salle de mise au point, et traversait le parc telle une somnanbule. Les belles-du-crépuscule luisaient autour d'elle comme tisons ardents, et des papillons curieux descendaient doucement vers elle, pour examiner cette fleur étrange, puis repartaient tristement comme des fantômes. Orgypp, tout à sa griserie, ne remarqua rien de tout cela.

Elle atteignit enfin le grand miroir du ciel qui s'étalait dans le parc, bordé de *droths,* arbres aux feuilles pourpres, tel un œil toujours ouvert contemplant inlassablement l'éternelle énigme de *oho.*

Suivie d'un seul papillon intrigué, toujours perdue dans ses rêves, Orgypp s'avança sur les pierres plates traversant le miroir. Quand elle en atteignit le centre, elle s'immobilisa, baissa les yeux vers l'eau calme. Son propre visage la regardait, au milieu d'une poussière d'étoiles lointaines comme un pâle petit fantôme qui l'eût examinée depuis un autre monde.

Orgypp s'agenouilla, tendit les bras, toucha son image du bout des doigts.

— Nous *grokkons* avec vous, *oho* sage en toute chose, murmura-t-elle. Prenez la *hwyllth* de notre cœur pour Zil.

L'Orgypp fantomatique trembla quand les rides provoquées par les doigts de la jeune femme ondulèrent, glissèrent jusqu'au bord du lac. Le papillon flotta à travers l'eau, et disparut dans la brume qui s'élevait peu à peu. Dans le sanctuaire, à peine aperçu au-delà des arbres silencieux, une cloche sonna deux notes somnolentes.

Orgypp s'accroupit sur les talons.

— Sng Rmh sait peut-être quelque chose, dit-elle avec un profond soupir.

Jenny ouvrit la porte. Vit Georges debout sur le paillasson, pâle, les cheveux ébouriffés.

— Par exemple! Mais que faites-vous ici?

— Rien, répliqua-t-il. Enfin... je veux dire... ça ne fait rien si...

— Si quoi?

— Cela ne vous dérange pas que je sois venu?

— Mais non, mais non, dit-elle en riant. Entrez donc.

Georges obéit, avec reconnaissance.

— Vous n'auriez pas un ou deux comprimés d'aspirine, par hasard? Ou quelque chose du même genre. Je viens de tomber sur la tête, ni plus ni moins. Un joli gnon. Juste devant votre porte.

— Mon pauvre vieux, qu'est-ce qui s'est passé?

— J'ai trébuché contre le trottoir. Heurté un réverbère.

— Vous avez trop bu, ou quoi?

— Non, non. J'ai un peu la tête qui tourne, c'est tout. Et un fichu mal au crâne.

— Vous n'avez pas l'air d'être dans votre assiette, faut dire. Asseyez-vous et je vais voir ce que je peux trouver.

Georges se laissa tomber sur le divan, essuya sa bosse avec son mouchoir. Puis il se remit péniblement debout, et alla à la fenêtre donnant sur le jardin de Beaufort.

Comme il s'y était attendu, l'homme était toujours debout au milieu de la corbeille. Mais il lui sembla qu'il regardait droit dans sa direction.

— Vous avez vu ce cinglé dans le parc? lança-t-il à Jenny.

Elle revenait juste dans la pièce, portant un verre d'eau et un tube d'aspirine.

— Voilà, prenez ce que vous voulez.

Georges fit tomber trois comprimés dans le creux de sa main, lui rendit le tube, prit le verre, renversa la tête, et avala les trois d'un coup.

— Vous êtes sûre que je ne vous dérange pas? redemanda-t-il.

— Oui, répondit-elle patiemment. Tout à fait sûre.

— Je ne savais pas si vous seriez chez vous, expliqua-t-il sans nécessité aucune. Puis je me suis dit, bah! après tout, si elle est là et si elle ne peut pas me recevoir, elle n'aura qu'à m'envoyer au diable.

— Vous avez *vraiment* trop bu.

— J'ai bu un verre ou deux, avoua-t-il, mais je ne suis pas saoul.

Elle lui prit le verre d'eau et le posa sur une étagère. Georges regarda de nouveau par la fenêtre.

— Qu'est-ce que vous pensez de ça? demanda-t-il.

— De quoi?

— De lui, là, dans le parc.

— Qui? fit Jenny, s'approchant de la vitre.

— Le cinglé en robe de chambre de soie, là, en bas.

— Où?

— Allons, allons, fit Georges en jetant un coup d'œil à la jeune femme. Là, le type dans les fleurs.

Elle regarda le doigt tendu de Georges, puis la fenêtre.

— Franchement, je ne comprends pas de quoi vous parlez. Il n'y a personne là-bas.

Georges pensa soudain qu'elle était peut-être myope et ne voulait pas en convenir.

— Bon, dit-il en haussant les épaules, si ça l'amuse, cet homme!

— Qu'avez-vous bien pu faire? demanda Jenny, le dévisageant, étonnée.

— Rien. Oh, si, j'ai transporté Wendell.

— Quoi?

— Oui, je l'ai trouvé dans la Grand-Rue et je l'ai déposé devant *La Mitre*. Il m'a dit que vous iriez probablement là-bas, ajouta-t-il avec un clin d'œil.

— Vraiment?

— Vous y allez?

— Sans doute.

— Avec quelqu'un?

— Pourquoi, vous voulez me « transporter »?

— Oui, répondit-il, plein d'audace.

Il y eut une pause. Les lèvres de Jenny s'ouvrirent

en un lent sourire. Elle leva le bras droit, effleura du bout des doigts la joue gauche de Georges.

— Je vous en remercie, Georges. Cela me ferait grand plaisir.

Le don d'elle-même fait par Orgypp devant le miroir du ciel parvint à Zil. On eût dit que les mains de la jeune femme s'étaient invisiblement posées sur les siennes. Il n'entendit, ne sentit rien et fut pourtant conscient de sa présence autour de lui, comme du parfum soudain exhalé par les fleurs de *thoth,* qui vous prend par surprise et vous rend heureux. Et en cet instant éprouvant, il avait cruellement besoin de réconfort.

Ayant notoirement échoué dans sa tentative de se *gryllooker* sur Chnas, il avait enfin rassemblé tout son courage et s'était aventuré hors de son point d'atterrissage. Son avance avait presque immédiatement été arrêtée par quelque obstacle invisible qui semblait coïncider exactement avec le périmètre de l'allée sablée entourant la corbeille.

Traînant les pieds, marchant de côté, les mains tendues, il s'était glissé avec précaution le long de l'obstacle et avait enfin trouvé une ouverture. A tâtons, il s'était rendu compte qu'il s'agissait d'une porte cintrée. Ce fut à ce moment-là qu'il commença à entrevoir la vérité sur sa situation présente. *Physiquement, il se trouvait toujours dans la salle de mise au point de l'école!* Mais s'il en était ainsi, pourquoi n'avait-il pu entrer en contact avec Orgypp et les enfants? Comme il s'efforçait de trouver un sens à toute cette histoire, le nom de « Mgn Rkhs » lui vint à l'esprit. On eût dit qu'il avait été murmuré intérieurement. Les mots inexprimés l'accablèrent. Ses genoux plièrent sous lui. Et il s'effondra sur l'invisible sol de la salle, à travers les ramilles dénudées d'un buisson de forsythia non existant.

Mgn Rkhs! Zil se couvrit le visage de ses mains. S'il ne se trompait pas, sa solitude s'expliquait. La salle dans laquelle il se trouvait devait exister dans un *temps* différent du leur! Oui, mais en était-il très éloigné? D'une heure? d'une semaine? d'un siècle? Dans l'avenir? dans le passé? Il gémit. Puis se rappela la première chose entendue : la voix d'Orgypp demandant aux enfants où il était. Alors, pourquoi n'avait-elle pu l'entendre, lui? *Quand* suis-je? hurla-t-il. Et seuls répondirent les échos moqueurs de ses paroles, à travers la salle et les couloirs déserts : *suis-je... suis-je...*

Il releva la tête au bout d'un moment, regarda aux alentours. La sensation d'avoir un buisson immatériel le traversant de part en part lui parut si particulièrement déplaisante qu'il se leva et s'en éloigna avec précautions. Il découvrit alors qu'en fermant les yeux, en les imaginant couverts d'un bandeau, en se représentant l'école, il pouvait avancer lentement mais sûrement. Il finit par sortir du bâtiment, dans la grande cour de récréation. Une fois là il ouvrit les yeux. Pour s'apercevoir qu'il se trouvait suspendu en l'air, à environ trente centimètres au-dessus de la rue, au milieu de Beaufort Terrace. L'atroce vertige que produisit en lui cette suspension illusoire fut presque plus troublant que ne l'avait été le buisson. Traînant les pieds, il chercha son chemin à tâtons, réussit à atteindre le trottoir, qui, par chance, se trouvait à peu près à la hauteur de la cour sur laquelle il se tenait en réalité. Il s'accroupit de nouveau, et le menton dans le creux de la main, attendit que *oho* se souvînt de lui.

Ce fut alors que l'atteignit la prière d'Orgypp. Chaude et douce comme la plus légère des pluies tombant sur les déserts arides de Frg, elle lui apporta, telle une faible brume, un début d'espoir. Soudain, l'esprit comme nettoyé des voiles laiteux qui l'enveloppaient, il put voir clair, dominer sa fâcheuse situation et comprendre où il se trouvait. On eût dit une image floue brusquement devenue nette. C'était donc là cette Derre qu'il avait imaginée, mais infiniment plus détaillée qu'il ne l'avait perçue auparavant. Ces hauts murs étaient les façades des maisons urbaines des Derriens qu'il avait inventées, ces boîtes à roues et à portières les *otos* que ses Derriens utilisaient pour se déplacer, ces arbres les *shfts* qu'il avait si astucieusement déracinés des vallées boisées de Chnas, transportés ici et rebaptisés *orms*. C'était là sa Derre, l'enfant de son cerveau, sa création! Mais en ce cas, cela ne signifiait-il point que Chorge Gringe lui-même existait, tout comme Margery et Chennifer, et ces autres Derriens dont les ennuis et les luttes l'avaient si longtemps diverti?

Avec ce mélange d'appréhension et d'impatiente fièvre bien connu de l'auteur dramatique qui voit pour la première fois les créatures de son imagination incarnées sur la scène, Zil se leva précipitamment et regarda autour de lui avec un émerveillement nouveau. Une phrase du Drypidon lui revint en partie à l'esprit : « Contiguïté d'êtres énantiomorphes compatibles. » Il regrettait bien de n'avoir pas eu l'occasion de se rendre à l'institut des langues pour découvrir ce que cela voulait dire. C'était là l'ennui, avec les Drypidons. Ils se trouvaient souvent amenés à faire des hypothèses injustifiées, parce qu'ils tendaient à oublier que les Chnassiens n'avaient point pour les aider le savoir collectif de toute une espèce, et ne pouvaient donc être aussi savants qu'eux. Pourtant, « contiguïté » signifiait bien l' « état de ce qui touche à autre chose »? Et « compatibles » voulait sans doute dire « qui peuvent exister en même temps », ou quelque chose de ce genre. Il ne restait plus que « énantiomorphe ». Zil eût-il connu ce mot qu'il eût pu l'appeler une « agrégation de préfixes amorphes », particulièrement réussie. Mais il n'avait pas la moindre idée de ce qu'il pouvait signifier. Ce qui valait sans doute mieux pour lui et pour sa raison, en les circonstances présentes.

— Il est parti, déclara Georges.

— Qui?

— Ce drôle de type, dans le jardin.

— Oh, vraiment? fit Jenny.

D'où il était assis, Georges ne pouvait voir que la corbeille. S'il eût pu voir la rue au bas de l'immeuble, il se fût sans doute senti moins sûr de lui.

— Et ce qu'il y a de bizarre, reprit-il, avec un petit rire gêné c'est que je suis persuadé de l'avoir déjà rencontré quelque part.

— Pas possible? fit Jenny, qui ne s'intéressait pas le moins du monde à cette histoire. Comment va la tête?

— Bien mieux, merci, fit Georges, tâtant la bosse du bout des doigts. Cela fait encore un peu mal pourtant.

— C'est bien normal. Voulez-vous encore du café?

— Avec plaisir. Il se pencha et tendit sa tasse. Wendell m'a dit que vous connaissez Phil Boomer.

— C'est vrai.

— Vous ne me l'avez jamais dit.

— Vraiment?

— Comment est-il?

— Au lit? C'est cela que vous voulez savoir?

— Miséricorde, non! fit Georges, bégayant, très gêné. Tout ce que je voulais dire, c'est, enfin...

— Vous n'êtes pas curieux? fit Jenny avec un sourire espiègle.

— Je ne pensais pas à ça, protesta-t-il, se rappelant la phrase de Wendell : « Y-z-ont mis le contact et ça démarre. »

— Phil n'a rien du super don Juan, vous pouvez m'en croire, dit-elle rêveusement.

Georges fit un effort désespéré pour ramener la conversation sur des sujets moins troublants.

— Il a reçu le prix de la Galaxie, non?

— Pour un livre, pas pour d'autres prouesses, répondit Jenny avec un petit rire.

Georges ricana de même.

— Comment va Margery? s'enquit-elle.

— Très bien, merci.

— Et au lit, elle est comment?

— Ah! Ça, c'est un petit peu plus difficile à...

— Elle est frigide, non?

Georges se trouva tiraillé entre deux sentiments. Et comme d'habitude, il transigea.

— Marge a de bons moments.

— Mais pas assez?

— C'est à peu près ça, dut-il avouer.

— Ce n'est peut-être pas sa faute?

— En effet.

— Voulez-vous que je découvre ce qu'il en est? dit Jenny, avec un autre petit rire.

Georges s'étrangla en buvant son café.

— Miséricorde, Jenny, protesta-t-il, vous voulez ma mort!

— Mais c'est bien pour cela que vous êtes venu ici?

Georges se le demandait. Elle avait évidemment raison jusqu'à un certain point. Mais pas entièrement.

— Vous rappelez-vous, dit-il lentement, que je vous ai parlé hier soir de l'histoire que j'écrivais?

— Oui. Et alors?

— Je vous ai expliqué comment ils *grokkaient* sur Agénor.

— Oui, avec ces choses comme des gants, répondit Jenny en souriant. Ça m'a plu, ça!

— Mais *grokker,* ce n'est pas seulement faire l'amour. C'est être en paix avec soi-même... et avec toute chose.

— Et alors?

Georges leva les yeux, la regarda franchement.

— C'est pour cela que je suis venu cet après-midi. Je me suis disputé avec Margery ce matin et depuis

— à vrai dire, cela date même de plus longtemps —
je ne sais pas, je me sens... comme *pris au piège*.
C'est difficile à expliquer. Mais je me suis rappelé
la nuit dernière... et... Oh, nom de nom, je me fais
des illusions, comme d'habitude.

En écoutant son discours incohérent, Jenny perdit
peu à peu confiance, son sourire disparut.

— Je crois bien que je n'ai plus de hasch.

— Quoi?

— Vous ne vous rappelez pas, hier?

— Oh! fit Georges d'une voix sans expression.
C'était donc cela?

— Vous ne saviez pas?

— Non, avoua-t-il.

— Et que croyez-vous que c'était?

— Je pensais, je suppose, que mon état était dû
— au simple fait d'être avec *vous*.

Elle l'examina pensivement. Puis elle se leva de
son fauteuil, ouvrit son sac, en sortit un paquet de
cigarettes. Vide.

— Oh! la barbe! murmura-t-elle. Vous n'en avez
pas? Non, c'est vrai, vous ne fumez plus.

— Voulez-vous que j'aille vous en chercher?

Elle le regarda avec calme. Parut prendre une décision.

— Oui, dit-elle enfin. Merci beaucoup, Georges.
Il y a un bureau de tabac au coin de la rue.

Elle tira de son sac un billet de cinq livres et le lui
tendit.

— Et pendant que vous y êtes, achetez donc aussi
quelque chose d'autre.

— Quoi?

— Une bouteille de gin. J'ai des schweppes à la cuisine. Cela ne vous dérange vraiment pas de descendre?

— Mais non, voyons, répondit Georges prenant
le billet et le glissant dans son portefeuille. Des cigarettes, du gin? fit-il en se levant. Rien d'autre?

— Non. Ça suffira, au besoin.

Un petit avis lumineux était suspendu à un clou à côté de la porte du sanctuaire du parc de Vohl. Il informait les clients éventuels que le conseiller était occupé. Orgypp le lut, hésita un instant, puis tira de toutes ses forces sur l'anneau de métal de la sonnette. Au même instant, un gros *rron* blanc et noir sauta du haut d'un mur voisin, se dirigea majestueusement vers elle, et vint se frotter contre ses jambes nues.

Dans les appartements privés à côté de la salle de consultation, Sylf et Ptl se regardèrent avec appréhension. Puis tournèrent toutes les deux la tête vers Sng Rmh qui accordait une *ghlune*. La sonnette tinta de nouveau impérieusement.

— C'est tout de même quelque chose, se plaignit Pl. Ils ne savent donc pas lire?

— Ils finiront bien par s'en aller, répondit Sylf. Elle éleva un gros compte-gouttes, pressa le caoutchouc et fit tomber soigneusement cinq gouttes de plus dans sa flûte à eau.

La sonnette sonna une troisième fois.

— Allez donc voir qui cela peut être, mes petites, murmura le conseiller. On ne se montrerait point si malappris, s'il ne s'agissait d'une affaire vraiment importante.

Ptl fit la grimace, remit sa robe, et partit à petits pas. Elle traversa la salle de consultation, le vestibule dallé, arriva à la porte d'entrée, fit glisser le volet d'une petite ouverture, regarda dehors.

— Oh, c'est vous, Orgypp!

— Excusez-moi, dit Orgypp d'une voix suppliante. Mais je viens à cause de Zil.

— Bien. Un instant.

Le petit volet se referma, un verrou fut tiré, la lourde porte grinça, s'ouvrit. Comme une ombre flottante, le *rron* se faufila par l'ouverture et s'évanouit.

— Qu'est-il arrivé à Zil?

— Il a disparu.

— *Oho!* murmura Ptl, écarquillant les yeux. Quand cela?

— Vers l'heure du *lakh*. Il n'est pas rentré d'Astryl.

Ptl ferma la porte, remit le verrou.

— Venez donc, Orgypp, je crois qu'un peu de *grok* ne vous ferait pas de mal.

Orgypp suivit l'assistante à travers la salle des consultations. Elle resta tête baissée à l'extérieur des appartements privés éclairés aux bougies pendant que Ptl expliquait la raison de cette visite à une heure avancée.

— Entrez, entrez, petite Orgypp, dit gaiement Sng Rmh. Sylf, un bol de vin pour notre invitée. Asseyez-vous, ma chère enfant, et racontez-nous toute l'histoire depuis le début.

Orgypp s'avança d'un pas léger et s'assit, jambes croisées, sur un coussin, à côté du vieil homme.

— Je crois que je ferais mieux de commencer avec ma visite à Llylly, dit-elle.

— Vous avez apporté ces dessins? s'enquit Sng Rmh quand elle eut parlé d'Ynon.

Orgypp glissa la main sous sa robe, en tira un rouleau de papier, que ses pérégrinations avaient quelque peu abîmé. Elle le lui tendit, il le déroula et étudia attentivement les dessins.

— C'est vraiment curieux, dit-il enfin. Et vous me dites que cela représente la Derre de Zil?

— Oui. J'en suis sûre. Ces choses-là, c'est ce qu'il a appelé des « *otos* ».

— Oui, oui, je m'en souviens. Et naturellement, vous êtes allée à sa rencontre à la salle de mise au point?

Orgypp résuma son histoire. Quand elle atteignit l'endroit où le Drypidon lui avait parlé d'un « chevauchement » possible, Sng Rmh l'arrêta d'un geste.

— Vous rappelez-vous les mots précis qu'ils ont utilisés?

— Non, répondit tristement Orgypp, et je n'ai malheureusement rien compris à ce qu'ils me disaient. Mais ils ont été vraiment gentils, compréhensifs et compatissants.

— Ce sont en vérité des créatures d'une suprême *hwyllth*. De plus, ils possèdent la clef de certains mystères naturels dont nous autres, Chnassiens, ne savons rien, ou si peu de choses, encore.

— Ils ne savaient pas où était Zil, dit Orgypp, toujours triste. Ni même s'il *est*. Elle leva les yeux, l'air étonné, et prononça encore deux mots : *Continuum asomatique*...

— Qu'est-ce que c'est?

— Je viens juste de me rappeler cela, c'est une des choses qu'ils m'ont dites. Savez-vous ce que cela signifie?

— Non, dut avouer Sng Rmh. Mais nous pourrons peut-être le découvrir. Sylf, cours me chercher le livre de Sml Wht, *Un Chnassien sur Astryl*. Et, Ptl, pendant que nous y sommes, autant aller prendre le surtout et me l'apporter.

Il fallut un certain temps au vieil homme pour découvrir dans le gros livre quelques renseignements utiles. Il les trouva dans le chapitre de Sml Wht intitulé : *Relations et révélations*.

« Les Drypidons astryliens, disait l'auteur, connaissent et comprennent bien des aspects différents de *oho,* dont certains semblent presque correspondre à ce que nos anciens sages chnassiens avaient coutume d'appeler *l'inaccessible Vrté Sprme*. Ces concepts, pour la plus grande part, ont rapport à la nature de cette mystérieuse qualité que les Drypidons appellent « essence ». Dans la mesure où j'ai pu les comprendre, je dirais qu'ils semblent considérer notre « substance » comme une chose qui n'est guère plus que notre perception subjective immédiate d'un seul aspect de l'essence. J'avoue que je n'ai pu trouver d'équivalents chnassiens appropriés pour bien de leurs concepts philosophiques et, à parler franchement, je crains qu'une immense majorité d'entre eux ne soit totalement dénuée de sens. »

Sng Rmh renifla dédaigneusement et posa le livre à côté de lui.

— D'évidence, Wht abordait là des sujets qu'il ne pouvait comprendre, grommela-t-il. Nous ferions mieux de voir si les *rhns* ont quelque chose à nous apprendre. Autant que vous leur posiez directement des questions, Orgypp. Si nous ne recevons pas de réponse positive, nous pourrons toujours essayer d'une autre méthode.

— Que dois-je faire?

— Prenez simplement les *rhns* dans la main, fermez les yeux, et demandez à *oho* sa bénédiction. Puis laissez tomber les *rhns* dans le surtout.

— Puis-je leur demander où est Zil?

— Cela me semble tout à fait raisonnable.

Orgypp prit les cinq galets ronds dans le plat et les soupesa sur sa paume tendue. Ils semblaient étrangement lourds et roulaient paresseusement; on eût presque dit qu'ils possédaient une volonté propre, obstinée, mauvaise. L'estomac noué, pleine d'appréhension, Orgypp frissonna, ferma les yeux, murmura : « Cher *oho,* où est mon Zil? » et lâcha les galets.

Au lieu du bruit métallique attendu, elle n'entendit que l'exclamation de surprise poussée simultanément par les trois observateurs. Elle ouvrit les yeux, regarda le surtout, et, frappée de stupeur, vit que les *rhns* restaient apparemment suspendus en l'air à trente centimètres au-dessus du centre du plat. La surprise la rendit muette.

— *Quand ce qui est n'est pas, alors ce qui n'est pas, est!* fit Sng Rmh avec un petit rire. Grand *oho!* Penser que moi, Sng Rmh, j'aurai vécu assez longtemps pour voir cela!

— Mais qu'est-ce que cela signifie, Conseiller? cria Orgypp. Où *est* Zil?

— Où, en vérité? répondit le vieil homme, tout joyeux. *Oho* veut sûrement nous apprendre que Zil *appartient* toujours à Chnas, mais qu'*il ne s'y trouve plus*. Mais qu'est Chnas? Et qu'est Zil? Que sommes-nous tous, Orgypp, sinon un fragment de la toute-puissante plaisanterie de *oho*? Une plaisanterie sans commencement ni fin, qui se joue de notre faible compréhension! Orgypp, tendez vos *thrunngs,* Sylf, Ptl, chères enfants, venez! *Grokkons* et louons l'ineffable!

En revenant du bureau de tabac, Georges aperçut de nouveau l'homme en robe de chambre orientale. Il était debout dans la rue, devant la maison de Jenny, et regardait à travers la vitre d'une voiture. *Une* voiture? Mais, miséricorde, c'était *sa* voiture! Mais que diable croyait-il... *Oh, Seigneur!*

La lumière n'était pas particulièrement éclatante ce jour-là et l'homme se trouvait bien à cinquante mètres de lui quand Georges le vit faire un pas en avant, passer à travers la Mini et se retrouver sur le trottoir.

Georges, cloué sur place, sentit ses cheveux se dresser sur sa tête. Derrière lui s'avançait une jeune femme poussant un landau. « Excusez-moi », dit-elle, ce qui ramena Georges à la réalité.

Il fit un pas de côté, la laissa passer, mais sans quitter des yeux l'invraisemblable personnage qui paraissait à présent se tenir debout au milieu du trottoir, tête levée vers la fenêtre de l'appartement de Jenny. Il vit alors la femme au landau se diriger droit sur l'homme, qui à ce moment-là tourna la tête. Georges parut retrouver l'usage de ses jambes et il se remit lui-même à marcher d'un pas hésitant vers la maison de Jenny.

Il se trouvait alors à vingt mètres environ de la femme, qui elle-même se trouvait à peu près à la même distance de l'homme. Comme elle se rapprochait de lui, Georges eut une étrange sensation. Une sorte de nausée. Un pressentiment que quelque chose d'indiciblement horrible allait arriver, et qu'il n'avait pas le pouvoir de l'empêcher. Il reconnut en cette angoisse une part d'un cauchemar périodique duquel il s'éveillait toujours juste avant la crise. Il fit un effort de volonté pour se réveiller en cet instant. Il tenta même de hâter le pas pour précipiter les événements, mais, comme il s'y attendait à moitié, le trottoir parut s'allonger devant lui comme un ruban élastique, uniquement pour contrarier ses desseins.

La femme était presque en face des escaliers menant à la porte d'entrée de la maison de Jenny. Avec son landau, elle cachait à Georges l'homme en robe de chambre. Mais d'une seconde à l'autre, il faudrait bien qu'il s'écarte comme Georges un peu auparavant, pour laisser passer la jeune femme. Ils n'étaient plus qu'à trois mètres l'un de l'autre. Deux. *Oh, Seigneur!*

Pour la deuxième fois en deux minutes, Georges avait vu l'impossible se produire. La femme avait poussé son landau à travers l'homme, comme s'il n'existait pas!

Il ferma les yeux. Les rouvrit. Il frissonna, couvert d'une sueur glacée. Que se passait-il? Qu'était-ce là? Un fantôme? Une illusion d'optique? Était-ce pour cela que Jenny n'avait rien vu? Son cœur battait, affolé. Sous la bosse, son pauvre crâne semblait en danger d'éclater à tout instant. Il découvrit qu'il s'était instinctivement éloigné du bord du trottoir, si bien qu'il heurta de l'épaule gauche la grille devant l'escalier de service d'une maison. La femme poussait à présent son landau en haut des deux ou trois marches menant à la porte d'un immeuble situé un peu plus haut dans la rue. Georges n'était plus qu'à dix mètres de l'apparition quand elle tourna la tête et le regarda droit dans les yeux.

Quiconque eût observé Georges en cet instant eût

vu son visage transfiguré par une expression de stu
péfaction presque imbécile. Bouche bée, les yeux écar
quillés, une sorte de grognement étouffé sortit de s
gorge serrée.

Et cette même expression — mais non accompagné
du son — se reflétait fidèlement sur les traits qu
l'avaient provoquée. Car Georges Cringe *se trouva*
face à face avec Georges Cringe!

Il ne sut jamais combien de temps il resta devar
Beaufort Terrace, planté ahuri devant son doppe
gänger, mais cela suffit pour qu'il comprît qui il étai
Comme se calmait le choc de cette reconnaissance,
put même murmurer les mots : « Zil Bryn. »

L'individu aux vêtements exotiques joignit le
mains, les serra contre sa poitrine et inclina la têt
pour faire le salut cérémonieux prescrit par la pol
tesse chnassienne.

— Ça y est, j'ai perdu la boule, dit Georges, d'un
voix si calme, si naturelle, qu'il en fut lui-même su
pris. J'imagine tout cela, n'est-ce pas?

Il vit bouger les lèvres de Zil, il le vit lever les bra
paumes tendues vers le ciel, dans un geste d'ir
compréhension totale, identifiable d'un bout à l'autr
du cosmos.

Il vint alors à l'esprit du pauvre Georges qu'il éta
peut-être encore évanoui — qu'étendu au pied d
réverbère, il n'avait pas encore repris conscience.
regarda le sac en papier qu'il portait, puis sa voitur

— Non, mon vieux, tu es bien réveillé, se dit-
mais tu souffres d'hallucinations visuelles. Ah! misé
corde, quelle aventure!

Et le plus extraordinaire était que son affolemer
du début semblait avoir disparu comme par encha
tement, remplacé par une curiosité presque scien
fique. Il fit quelques pas hésitants en direction de Z
mais n'eut pas le cœur, on le comprend, de s'appr
cher trop près.

— Où est Orgypp? demanda-t-il.

Zil étendit de nouveau les bras, fit un geste vague, montrant plus ou moins la corbeille du jardin de Beaufort. Georges eut alors une inspiration. Il sortit un crayon feutre de sa poche et écrivit rapidement en majuscules le nom d'ORGYPP sur le sac en papier qu'il portait. Puis il le tint devant lui. A voir l'attention de Zil, et son air intrigué, il devina qu'il pouvait lire mais ne comprenait pas ce qu'il lisait.

— Qu'est-ce que je fabrique, nom de nom, se demanda Georges. J'ai vraiment perdu la boule. Qui l'eût cru?

Mais à l'instant même où il se pensait fou, il savait qu'il n'en était rien. Parce qu'il connaissait déjà trop bien Zil, peut-être. D'une étrange manière, et malgré les preuves évidentes de son immatérialité, il trouvait Zil presque plus réel que lui-même. Et pourtant, il n'existait pas! Personne d'autre que lui ne pouvait le voir. Mais, après tout, personne n'avait jamais pu le voir. Zil était une créature de son imagination, il vivait sur Agénor avec Orgypp. Georges eut la soudaine et triste conviction qu'il ne pourrait jamais communiquer à quiconque son secret. Les gens qui persistent à affirmer qu'ils voient des choses que les autres ne peuvent voir sont enfermés dans des asiles d'aliénés.

Il regarda autour de lui dans la rue. Aucun passant ne se trouvait là qui pût l'observer. Il posa une main sur la poitrine et montra du doigt les marches de la maison de Jenny.

Zil leva les mains, paumes vers le ciel. Puis il les joignit, entrelaça doucement ses doigts en un acte de *grok* symbolique.

— Seigneur tout-puissant! murmura Georges, en l'observant, stupéfait, vous *savez!*

Une camionnette des services de réparation municipaux, garée le long du trottoir quelques maisons plus haut, démarra, et roula dans sa direction. Quand elle passa près de lui, le chauffeur appuya sur le

klaxon, leva le coude, et lui lança gaiement : « Alors,
mon vieux, on s'embête pas? »

Georges fit machinalement un salut de la main,
puis commença à monter les marches. Arrivé à la
porte, il tourna une dernière fois la tête. Zil était toujours debout au milieu de la rue. Il le regardait d'un
air triste, avec un sourire plein de regrets.

Sans même penser à ce qu'il faisait, Georges leva le
bras et lui fit un grand signe. Zil ouvrit les mains en
ce geste à présent familier. Georges lui fit de nouveau
signe d'approcher et le vit s'avancer vers lui d'un pas
hésitant. Non loin des marches, il s'arrêta, lui lança
un regard interrogateur. Georges, d'un mouvement
de tête, l'encouragea. Zil se remit à marcher d'un pas
traînant. Brusquement, arrivé sur la dernière marche,
il s'enfonça jusqu'aux mollets dans la pierre.

Georges le considéra, bouche bée. Zil leva la tête,
montra du doigt ses pieds à présents invisibles,
étendit les bras, en un grand geste d'impuissance.

Ce fut peut-être cette totale incompréhension exprimée par Zil qui convainquit brusquement Georges
qu'il ne s'agissait pas là d'une hallucination ordinaire.
Dès qu'il l'eut compris, il se sentit bouleversé. Toutes
les suppositions qu'il avait pu faire jusque-là s'effon-
drèrent. Il ne savait pas pourquoi le spectacle de son
doppelgänger enfoncé jusqu'aux genoux dans les
marches de pierre d'un escalier se révélait plus
effrayant que de voir la même apparition passer à travers une voiture, un landau et une jeune femme,
mais il en était pourtant ainsi. Il détourna les yeux,
entra rapidement dans la maison et grimpa l'escalier
jusqu'au palier comme si quelque démon vengeur était
à ses trousses.

Jenny avait laissé la porte entrouverte en attendant son retour. Il entra en courant, et la claqua
derrière lui.

— Je suis dans la salle de bains, dit la voix étouffée
de Jenny.

Georges laissa tomber son paquet sur le divan et, rasant les murs, il fit le tour de la pièce jusqu'à un endroit d'où il pût jeter un coup d'œil par la fenêtre. Il vit que Zil était redescendu sur la chaussée.

— Jenny, pouvez-vous venir une minute?

— Je suis sous la douche.

— Que savez-vous des hallucinations?

— Des *quoi?*

— Je vous dirai ça dans une minute. Cela ne vous dérange pas que je me verse à boire?

— C'est bien pour ça que je vous ai fait monter du gin. Préparez-moi un verre pendant que vous y êtes.

Il sortit la bouteille du sac, alla à la cuisine. Il entendit Jenny fermer les robinets de la douche pendant qu'il enlevait le papier de plomb entourant le bouchon. Il vit des bouteilles de schweppes-tonic sur le buffet. Débouchant vivement la bouteille, il prit deux verres sur une étagère, versa deux doubles gins, un peu d'eau gazeuse, et commença par avaler une bonne gorgée du mélange avant d'emporter les verres dans le studio. Il posa celui de Jenny à côté du tourne-disques et se planta de façon à pouvoir regarder par la fenêtre. Zil était toujours là, la tête tournée vers les jardins.

Une minute plus tard, la porte de la salle de bains s'ouvrit et Jenny apparut. Elle était enveloppée d'un peignoir de bain à raies blanches et bleues et s'essuyait les cheveux avec une serviette.

— Me voilà. Où est mon verre?

Georges le lui tendit.

— Avant de boire, dit-il, voudriez-vous, je vous prie, jeter un coup d'œil par la fenêtre.

Jenny eut l'air étonné, mais obéit.

— Et alors? Qu'est-ce que je dois regarder?

— Vous ne voyez personne, là en bas? demanda-t-il en montrant Zil du doigt.

— Non. Que se passe-t-il?

— Je ne sais pas. A moins que je ne sois devenu fou.

— C'est de cela que vous me parliez...

— Oui. Il s'agit de ce type que j'ai déjà vu dans le jardin.

— Oui, et alors?

— Eh bien, je peux le voir maintenant. Mais pas vous.

— Vous plaisantez!

— Et par-dessus le marché, *je sais qui il est!*

Jenny le regarda, stupéfaite, but une gorgée.

— Vous voyez bien, vous ne me croyez pas.

— Mais vous ne vous attendiez pas à ce que je vous croie, tout de même?

— Non. Mais je voulais en être sûr.

En parlant, il regardait toujours par la fenêtre et il vit Zil lever les yeux vers lui, puis partir d'un pas toujours hésitant, descendre la rue vers l'avenue de l'Université tâtonnant comme un aveugle pour trouver son chemin.

Jenny examinait le visage de Georges, l'air curieux.

— Par exemple, s'exclama-t-elle. Je crois que vous regardez réellement quelque chose.

— Oui. C'est Zil. Il va vers le coin de la rue.

— *Qui?*

— Zil, répéta-t-il. Zil Bryn.

— Et qui diable est ce monsieur?

— Peu importe.

Jenny but une autre gorgée, posa son verre. Se remit à sécher ses cheveux.

— Vous l'avez déjà vu?

Georges fut sur le point de dire : « Oui, chaque fois que je me regarde dans la glace », mais se ravisa. Il n'osa pas aller jusque-là.

— Oui, comme je vous l'ai dit. Dans le jardin.

— Mais si vous connaissez son nom?

— Cela n'explique pas grand-chose, fit-il, haussant les épaules.

Zil avait disparu, mais Georges était sûr qu'il se trouvait toujours quelque part, au bout de la rue, marchant à tâtons pour trouver son chemin. *Marchant à tâtons!* En un éclair, son imagination avait saisi le sens de l'inexplicable incompréhension de Zil — de sa marche hésitante vers l'escalier de la maison de Jenny. Il tourna vers la jeune femme des yeux bleus tout pleins d'étonnement.

— Oh, Seigneur, je vois murmura-t-il, il n'est pas réellement *ici;* c'est ça!

— Allons, allons, dit Jenny d'une voix calme.

— Non, il n'est pas *ici,* répéta Georges. Il n'est pas dans *notre* monde!

— Ah! Parce qu'il y en a d'autres?

— Comment diable le saurais-je? fit Georges, qui commençait à se fâcher. Comment diable pourrait-on en savoir quelque chose?

Elle arrêta de se frictionner et le regarda pensivement.

— Écoutez, ne feriez-vous pas mieux de m'expliquer exactement ce que vous croyez avoir vu il y a un instant?

Georges jeta un dernier coup d'œil sur la rue déserte, et tenta sans succès d'assimiler des concepts appartenant jusque-là strictement au domaine du fantastique. L'effort lui donna le vertige. Il s'éloigna de la fenêtre, alla lentement vers le divan, vit alors ORGYPP gribouillé sur le sac en papier.

— Mais s'il n'existe que dans mon imagination, murmura-t-il, il aurait dû pouvoir lire ce que j'ai écrit.

— Lire quoi?

— Ça, dit Georges s'asseyant sur le divan et montrant le sac.

— Mais qu'est-ce que c'est?

— Un nom.

— Ah, je me le rappelle! Ne m'avez-vous pas dit qu'elle me ressemblait?

— Oui. C'est sa compagne.

Jenny comprit brusquement de quoi il s'agissait.

— Vous voulez dire que cet — cet individu dont vous me parlez est celui que... que vous...

— Oui, c'est Zil Bryn.

— Eh bien, mon vieux! fit Jenny, et elle siffla. Vous plaisantez, c'est pas possible!

Georges sortit deux paquets de cigarettes du sac, sans mot dire.

Jenny vint vers lui, prit les paquets. En ouvrit un. Elle en sortit une cigarette, la mit entre ses lèvres, tendit le paquet à Georges, qui refusa d'un signe de tête.

— Vous ne voulez pas me raconter tout ça?

— Oh, à quoi bon?

— Comment le saurais-je si vous ne le savez pas vous-même, dit la jeune femme raisonnablement, en allumant sa cigarette.

— Mais si c'était juste une hallucination, murmura Georges, il devrait être ici avec nous, maintenant, n'est-ce pas? Pourtant, il n'a pas réussi à monter les marches. Il s'est enfoncé dedans, comme on entre dans une piscine. Vous me croyez fou, je suppose, ajouta-t-il en levant les yeux vers Jenny et en lui faisant un timide sourire.

— Si vous arrêtiez un peu de m'expliquer ce que *je* crois? Racontez-moi donc simplement ce que vous avez vu. Après, je pourrai vous dire ce que j'en pense.

— Bien, répondit Georges, et il lui raconta toute l'histoire depuis le moment où il était descendu de voiture.

Elle ne l'interrompit pas une seule fois.

— Mais, dit-elle, à la fin du récit, pourquoi ne l'avez-vous pas vu quand vous êtes allé au bureau de tabac?

— Je ne sais pas. Il était peut-être à l'autre bout de la rue.

— Vous ne l'avez pas cherché?

— Non. Je me demande bien pourquoi.

— Pourquoi êtes-vous si sûr que c'est le personnage de votre livre?

— Parce que je connais Zil aussi bien que moi-même. Et mieux, peut-être. Ce personnage, voyez-vous, est ce qu'on appelle un autoportrait.

— Et Orgypp?

— Le portrait d'un rêve, l'accomplissement d'un désir, fit-il avec un petit sourire.

— Parlez-moi d'elle.

Georges fit de son mieux pour la décrire.

— Elle n'est certes pas de ce monde, fut le commentaire prudent de Jenny.

— Et Zil?

— Oh! vous croyez en lui, pas de doute! Alors je suppose qu'il *doit* exister — pour *vous*. Il est peut-être un de vos rêves, lui aussi.

— Il est plus que cela. Je jure que je l'ai vu comme je vous vois.

— Mais vous ne l'avez pas touché?

— Non, dut avouer Georges. Je ne sais pourquoi, mais je n'ai pu me résoudre à essayer...

— Ne croyez-vous pas que ce pourrait être quelque étrange effet secondaire de votre chute? Du coup que vous avez reçu sur la tête?

— Je l'ai d'abord cru. Puis je me suis rappelé que c'est parce que je l'avais aperçu dans le jardin que j'ai trébuché. Ce que je veux dire, c'est que je suis presque sûr de l'avoir vu *avant* de m'évanouir.

— Allez voir si vous l'apercevez maintenant, là-dehors.

Georges se leva, se dirigea vers la fenêtre, l'ouvrit, et se pencha. Le jour faiblissait. Quelques piétons marchaient encore dans la rue, mais Zil ne se trouvait point parmi eux.

— Alors? dit Jenny, s'approchant de lui.

— Il n'est pas là.

Elle plia le bras, le passa sur sa nuque pour relever la lourde masse de ses longs cheveux noirs.

— Touchez... sont-ils secs?

— Quoi? murmura-t-il distraitement.

Elle effleura d'une boucle la joue de Georges et répéta sa question.

— Les pointes sont encore un peu humides.

Elle sortit une petite brosse à cheveux de la poche de sa robe de chambre.

— Pourriez-vous me les brosser, derrière?

Il ferma la fenêtre, lui prit la brosse des mains et allait commencer cette agréable tâche quand elle s'écarta de lui, alla jusqu'au divan, et s'assit, jambes croisées.

— Venez ici, dit-elle doucement.

Il lui obéit, posa son verre vide sur la petite table, s'assit à côté de la jeune femme, et se mit à donner de lents coups de brosse du haut jusqu'en bas de la chevelure étalée sur les épaules de Jenny. Il eut vite fait de l'emmêler.

— Quand ça arrive, prenez la mèche dans l'autre main, comme ça. Vous ne brossez jamais les cheveux de votre femme?

— Non, dut-il avouer.

— Eh bien, vous devriez essayer de temps en temps. Cela lui donnerait peut-être des idées.

— Vous croyez?

— Moi, ça me réussit toujours. Pourquoi ne faites-vous pas comme si j'étais Orgypp?

— Vous l'êtes peut-être.

— Qui sait? fit-elle en riant. En voilà une bonne idée! Vous serez Zil et je serai Orgypp! Et surtout n'arrêtez pas le brossage avant que je vous le dise!

Elle mit les mains derrière la tête, se pencha en arrière, eut un voluptueux soupir. Son peignoir de bain s'ouvrit, dévoilant ses seins nus. Georges les vit, eut un étourdissement, mais continua stoïquement à brosser les longues mèches brunes.

— Ils ne sont pas faits seulement pour être regardés, vous savez, Zil, murmura enfin plaintivement Jenny.

— Oh, mon dieu! gémit Georges.

Zil se percha sur un invisible petit rocher, et, le menton dans le creux de la main, contempla la circulation des silencieuses voitures glissant dans l'avenue de l'Université. Beaufort Terrace étant légèrement en pente, il se trouvait à présent suspendu à deux mètres cinquante environ au-dessus du trottoir, ou, plutôt, comme il le devina correctement, assis sur une élévation du jardin de rocailles occupant un coin de la cour de récréation de l'école, dans le parc de Vohl. Il lui vint à l'esprit qu'il ne voyait pas *réellement* cette scène, mais qu'il la rêvait, qu'il la voyait comme on voit en rêve, les yeux clos. Malgré cela, il commença à remarquer certaines particularités du comportement des Derriens qu'il n'avait point pensé à inclure dans sa vision de la planète.

Ce qui le fascina avant tout fut la manière qu'avaient les habitants de s'arranger pour éviter de se toucher tandis qu'ils se hâtaient çà et là vers leurs affaires. Sur Chnas, toucher équivalait presque à voir. Aucun Chnassiens n'eût pensé à éviter consciemment un contact physique. Et pourtant ces Derriens semblaient s'envelopper dans un transparent manteau d'inviolabilité qui leur permettait de couler l'un autour de l'autre, comme l'eau glisse sur les cailloux dans un ruisseau. Et ils étaient si nombreux! Il y en avait des centaines et des centaines, allant et venant à pas précipités, aussi affairés que des *frms* autour d'une *frmlre.* Toute la population de Vohl, y compris les *rortls,* se dit-il, ne suffirait pas à remplir cette seule rue. Ce qui l'étonnait encore davantage et le déprimait, c'était l'absence de toute forme de *hwyllth.* Il n'en put découvrir un lointain reflet que sur le visage de quelques très jeunes enfants. De temps à autre, l'un d'entre eux levait les yeux vers lui, lui souriait d'un air ravi, retenait père ou mère par la main, comme pour attirer leur attention sur cet étrange et exotique émigrant. Mais si même les parents levaient les yeux, ils ne regardaient invariablement qu'en eux-mêmes et ne voyaient rien. Ils traînaient leurs petits enfants derrière eux dans la rue, et ces derniers tournaient encore la tête, s'efforçant d'apercevoir une dernière fois le merveilleux homme-ballon qui flottait en l'air dans une brume, devant le marchand de vins.

Zil avait toujours été convaincu que la langue écrite de la Derre serait celle qu'il lui avait choisie — autrement dit une forme adaptée de l'écriture chnassienne. Mais un premier regard sur les devantures des boutiques de l'avenue de l'Université, lui montra qu'il s'était trompé. En vérité, certains caractères lui parurent familiers, mais les mots qu'ils formaient étaient pur charabia. Il aurait presque certainement accepté la chose comme une autre de ces inexplicables contradictions si un événement singulier ne lui avait fait comprendre la véritable nature de la situation.

Un vieil homme à moustaches, aux longs cheveux blancs, semblable à un vénérable conseiller, s'avançait lentement sur le trottoir encombré, de l'autre côté de la rue. Il était vêtu d'une longue robe brune, retenue par une ceinture, descendant jusqu'à ses chevilles, et passablement usée. Sur sa tête était perché un antique chapeau informe. Et il tenait en ses mains sales et à demi couvertes par des mitaines, un écriteau sur lequel était imprimé en gros caractères rouges et noirs le message suivant :

OIT-ERAPERP

RETNORFFA A

TNEMEGUJ EL

Quand le patriarche passa, traînant les pieds, devant le marchand de vins, il se retourna pour jeter un coup d'œil dans la vitrine. La déclaration imprimée sur l'écriteau se refléta dans le panneau de verre. Zil put le voir de l'autre côté de la rue. Il se fit en lui une illumination qui le secoua comme l'eût fait une soudaine sonnerie de trompette.

Pour un choc, ce fut un choc! Il se leva brusquement et se mit à hurler : *Prépare-toi à affronter le Jugement!* Seuls lui répondirent les croassements rauques des *brlls* alarmés, comme d'habitude juchés tout en haut du colombier des messages, dans l'invisible cour de l'école.

Cette découverte capitale eut pourtant un étrange effet sur Zil : la Derre lui parut plus mystérieuse encore qu'auparavant. Ayant laborieusement traduit en chnassien le message qu'il lut sur l'autre face de l'écriteau du vieillard, il obtint : *JÉSUS SAUVE* [1]. Il ne put que supposer qu'il y avait là une exhortation à amasser du doré. Mais, s'il ne se trompait pas, comment imaginer qu'épargner pût être une bonne façon de se préparer à affronter le Jugement?

Il essayait toujours de résoudre cette contradiction qui le troublait plus qu'il ne voulait en convenir quand il se rappela les hiéroglyphes gribouillés par Chorge sur son sac en papier. En fermant les yeux, en se concentrant, il put recréer l'incident avec une netteté hallucinatoire et revit le petit bâtonnet à écrire de couleur noire avancer de droite à gauche sur le papier blanc.

— Orgypp! murmura-t-il. Grand *oho!* Comment Chorge Gringe peut-il connaître l'existence d'Orgypp?

Portant les mains à ses tempes douloureuses, il gémit tout haut, en proie au désespoir, totalement incapable de comprendre ce qui se passait.

Après avoir promis à Sng Rmh de l'accompagner à l'assemblée plénière du Conseil, Orgypp avait affectueusement souhaité bonne nuit à Sylf et Ptl, et, toute pensive, avait regagné son logis en traversant le parc au clair de lune.

---

1. En anglais, *Jesus saves* : Jésus sauve. Mais *saves* : aussi épargner, économiser, d'où interprétation de Zil. *(N.d.T.)*

Depuis qu'elle avait consulté les *rhns,* et qu'on lui avait répondu de façon si spectaculaire, elle était hantée de cette conviction que Chorge Gringe, de quelque inexplicable manière, était la clef du mystère de la disparition de Zil. Car Orgypp croyait en la réalité physique de Chorge. Et cette croyance n'avait rien à voir avec la raison. Si son Zil était le père de Chorge, elle, Orgypp, était sa mère, et elle lui souhaitait tout le bonheur qu'une mère chnassienne peut souhaiter à son fils unique.

Quand elle atteignit sa maison, elle grimpa dans le bureau de Zil et s'assit devant sa table de travail. La dernière feuille du *Pèlerinage* avait été laissée dans le transcripteur. A côté se trouvait un bloc sur lequel Zil avait gribouillé une note : « Chorge va-t-il *grokker* avec Chennifer?? »

Orgypp prit un crayon et barra soigneusement l'un après l'autre les points d'interrogation. Puis elle suça le bout de son crayon, griffonna une paire de *thrunngs* entrelacés, fronça les sourcils, et écrivit de sa ronde écriture d'écolière : « Faut-il apprendre le *gryllook* à Chorge? » Elle souligna deux fois la phrase.

Elle posa son crayon, relut ce qu'avait transcrit Zil, ajouta un point, appuya sur la barre d'espacement. Ensuite, elle leva les yeux au ciel, se mordit la lèvre inférieure, réfléchit.

Une minute ou deux plus tard, elle baissa la tête, commença à taper sur les touches. Son travail, peu à peu, l'absorba entièrement, le bout de sa langue se montra entre ses petites dents blanches et se promena d'un côté à l'autre de sa bouche, imitant le déplacement du chariot de son transcripteur.

— Georges, inutile de faire semblant de vous y intéresser, vous n'avez pas le cœur à l'ouvrage.

— Je suis désolé, vraiment, Jenny. C'est à cause de Zil.

— *Vous êtes* Zil.

— C'est bien là le problème, hélas! Je ne suis pas Zil, vous savez, pas réellement.

— Bon, je suppose qu'il faut être deux pour grokker, et pas un et demi.

— Voulez-vous que je vous brosse encore les cheveux?

— C'est moi qui devrais vous savonner la tête! On ferait mieux de boire un autre verre.

— Oh, Jenny, excusez-moi!

— Ce n'est rien, voyons. Mais, dites donc, vous n'auriez pas peur de me faire un enfant, par hasard?

— Non, je n'y ai pas pensé et...

— Parce que je prends la pilule depuis cinq ans.

— Depuis si longtemps que ça?

— Papa est prudent. Il est médecin, vous savez.

— Oui, vous me l'avez dit.

— Je suppose que l'adultère, ça n'est pas pour vous? demanda la jeune femme, soudain pensive.

— Jenny, je vous en prie...

— Ce que je veux dire, c'est qu'il est évident que vous n'avez encore jamais trompé votre femme.

Georges acquiesça d'un signe de tête.

— Pourquoi?

— L'occasion ne s'en est jamais présentée, sans doute.

— On n'a pas besoin d'attendre qu'une occasion se présente.

— A vrai dire, cela a failli m'arriver une fois.

— Et que s'est-il passé?

— Le bizarre, c'est que ça a beaucoup excité Marge.

— Elle avait découvert la vérité?

— Elle s'en est doutée.

— Et aujourd'hui, elle ne va pas avoir de soupçons?

— Non, je ne crois pas.

— Elle s'en fiche, vous croyez?

— Honnêtement, je ne sais pas. Je suppose que ça l'ennuierait si les voisins l'apprenaient.

— Seulement dans ce cas?

— Oui, je crois bien.

— Allez donc préparer un verre.

Dans le studio Jenny mit un disque sur l'appareil. De la cuisine, Georges entendit Stéphanie Duclos. *Tu sais bien que mon cœur t'appartient,* gémissait la voix rauque de la chanteuse. *Alors pourquoi me traiter comme ça...* La pièce se mit à tourner lentement autour de lui, puis le mouvement cessa. Il avala encore trois aspirines. *J'ai juré ce jour-là, de faire n'importe quoi pour toi. Aujourd'hui je sais...* Miséricorde, pensa Georges, ce qu'il faut entendre. Et qu'est-ce que j'ai mal à la tête. Il versa du schweppes dans les verres et les porta dans l'autre pièce.

Jenny, étendue de tout son long sur le divan, fumait en regardant le plafond. Il lui tendit son verre et se laissa tomber par terre à côté d'elle. Les ombres intimes de son corps l'invitaient à partir vers un voyage mystérieux et magique.

— Seigneur, Cringe, s'injuriait-il silencieusement, tu as perdu la tête, pas possible! Elle est belle, elle est tendre, elle ne demande qu'à faire l'amour, tu as toujours rêvé d'une femme comme elle, et tu ne peux même pas hisser le drapeau.

Il avala deux grandes gorgées d'alcool et les bulles de l'eau gazeuse lui picotèrent le nez, comme des aiguilles. Pourquoi, oh, pourquoi n'était-il plus comme aux temps de ses dix-huit ans, à l'École normale? Ces milliers d'érections gaspillées pour rien. Ces tourments. Cette frustration. Et à présent, cet échec! Quel inconcevable péché pouvait mériter une aussi épouvantable punition? *T'es sensas!!!* Oh, mon Dieu, délivrez-moi! Brisez mes chaînes! *Aidez-moi à sortir de là!*

Jenny tira sur sa cigarette, envoya une longue bouffée de fumée vers l'abat-jour de la lampe suspendue au-dessus d'elle.

— Que vouliez-vous dire quand vous m'avez déclaré que c'était la faute de Zil?

— Mais pourquoi *l'ai-je vu,* Jenny?

— Vous ne l'avez pas vu.

— Mais vous étiez pourtant d'accord...

— J'ai dit que vous *croyiez* l'avoir vu.

— Bon. Alors, pourquoi suis-je *persuadé* de l'avoir vu?

— Georges, je ne suis pas psychiatre.

— Alors, selon vous, j'ai perdu la boule?

— Ai-je dit cela?

— Vous ne vous trompez pas, pourtant. Je suis certainement fou. Il n'y a pas d'autre explication possible.

— Mais vous alliez très bien, hier soir.

— Je vais toujours bien.

— Est-ce une affirmation ou une question?

— Je n'arrive pas à me sortir cette idée de la tête, c'est tout. Zil est là et...

— Georges, puis-je vous dire ce que je pense?

— Je vous en prie.

— Je ne crois pas qu'il s'agisse de Zil. C'est à Margery que vous pensez de façon détournée.

— *A Margery!* Oh! miséricorde, et quoi encore?

— Oui, Georges, je crois que vous avez des problèmes avec votre conscience, des remords démodés. Un point, c'est tout.

Zil attendait sur le trottoir devant la maison quand Chorge et Chennifer sortirent un peu avant sept heures. Il vit Chorge prendre le bras de Chennifer, pointer un doigt dans sa direction. Chennifer se tourna vers lui, dit quelque chose à Chorge et descendit les marches du perron. Une fois sur le trottoir, elle jeta un coup d'œil par-dessus son épaule, et parut demander à Chorge où il était (lui, Zil). Chorge pointa de nouveau l'index. Chennifer se dirigea rapidement sur lui, arriva à sa hauteur, regarda droit à travers lui, eut l'air accablé, se retourna encore vers Chorge, étendit les bras. Chorge descendit lentement les

marches, fit trois pas hésitants dans sa direction, puis
s'arrêta, leva la main, la posa sur sa nuque. Les lèvres
de Chennifer parurent prononcer une silencieuse
question. Chorge secoua la tête. Chennifer étendit
encore les bras, et tourna les talons. Zil vit ses mains
et ses avant-bras voltiger à travers sa poitrine comme
les ailes d'un moulin à vent fantôme. Il ne sentit rien.
Pendant ce temps-là, Chorge restait debout, immobile,
dans la lumière du réverbère. Il avait l'air malade,
malheureux. Chennifer revint vers lui, lui prit la main,
et le poussa à avancer de nouveau. Elle réussit à lui
faire faire un ou deux pas, puis il s'arrêta net. Rien,
semblait-il, n'eût pu l'amener à se rapprocher davantage de Zil, à le toucher, ou à s'en trouver assez près
pour *grokker*. Zil le regardait fixement et soudain,
la terreur de Chorge fut contagieuse. Il fut envahi
d'une épouvante surnaturelle, primitive, impossible
à ignorer. Il tourna les talons et partit à l'aveuglette
à travers la cour de récréation invisible. Comme il
cherchait son chemin, vacillant, il lui parut qu'en ses
oreilles retentissait l'écho de son propre cri de désespoir : *Prépare-toi à affronter le Jugement!*

Georges vit Zil se précipiter de l'autre côté de la
rue, traverser une Renault garée là, en émerger sous
la forme d'un bref éclair de couleur éclatante parmi
les arbres des jardins de Beaufort. Là, il parut trébu-
cher, tomber en avant, et l'ombre, plus dense qu'ailleurs, l'engloutit. Au moment où il le perdit de vue,
Georges se trouva soudain déchiré par l'irrationnelle
impulsion de courir voir ce qui lui était arrivé. Mais
Jenny le retint efficacement de quelques mots.

— Alors, allons-nous à *La Mitre,* ou non?

— Il est parti en courant. Dans le jardin.

— Vous ne voudriez tout de même pas que nous
allions à sa recherche, j'espère?

— Non.

— Ça ne va pas? fit alors Jenny, en l'observant
attentivement.

— Si, si, merci.

— Pourtant, vous n'avez pas bonne mine. C'est peut-être ce fichu éclairage.

— Je vous assure que ça va, affirma Georges en sortant de sa poche les clefs de la voiture qu'il agita, l'air décidé. Elle est là-bas, fit-il en montrant la Mini.

Il ouvrit la portière, monta, ouvrit l'autre pour que Jenny pût monter à son tour. Quand elle fut assise, il tendit le bras, d'une main tourna vers lui le visage de la jeune femme, et l'embrassa sur les lèvres.

Elle pensa un instant lui rendre son baiser, puis se ravisa.

— Voyons, fit-elle avec un petit rire, en le repoussant gentiment, il faut partir, ou nous n'arriverons jamais là-bas.

— Faut-il vraiment y aller?

— Oui, répondit-elle fermement, j'ai promis à Phil d'assister à la conférence.

Georges soupira, mit le contact et la voiture démarra.

Orgypp introduisit une autre feuille dans le transcripteur, la mit bien droite et tapa encore trois mots. Elle prit ensuite la feuille qu'elle venait d'ôter de la machine et la relut. « Ylleggf », est-ce que ça prenait un « f » ou deux? » se demanda-t-elle. Zil était extrêmement strict quant à ces détails, et elle savait qu'il avait fort mauvaise opinion de son orthographe. Mais, à son avis, tout cela n'avait guère d'importance, à condition que le sens fût clair. Au moins était-elle certaine de savoir tous les mots secrets du *gryllook* dans le bon ordre. Elle les énuméra un à un, murmurant la phrase mnémotechnique pour ne point se tromper : « Fin *Bato* Tant Loué = Fine *Yol* Enchantée. » « *Frt, Bls, Trnu, Lyllt, Ffllng, Ylleggf, Eho.* » Les Sept Mots Sacrés. Combien de fois les avait-elle chantés à l'école primaire? Mais comment espérer transposer en derrien une *odyl* aussi parfaite, tant de savoir enserré en si peu de termes? Pourrait-elle dépeindre Chorge comme connaissant déjà cette science? Ou s'arranger d'une manière ou d'une autre, pour qu'il la découvrît, au cours de l'histoire, dans quelque antique volume traitant d'un savoir derrien oublié? Distraite, elle se rongeait un ongle tout en regardant par la fenêtre du bureau la lune Oeneune qui répandait une cascade argentée parmi les volutes de brume du parc de Vohl. Elle essaya mentalement une ou deux phrases, puis enfin les rejeta. Revint à son transcripteur et tapa sans hâte ce qui suit : « Bien entendu, Chorge réussit son *hwoming* vers Chnas. »

— Après tout, se dit-elle raisonnablement, c'est là ce qu'il doit faire, en toute logique.

Georges avait lutté tout l'après-midi contre des vagues d'étourdissements. Son pauvre crâne lui avait paru pris dans les tourbillons d'un *tsunami*. Les vertiges revinrent quand il monta les marches de *La Mitre* en compagnie de Jenny. Ils furent assez forts pour le faire chanceler, il faillit perdre l'équilibre.

— Voyons, qu'est-ce qui vous prend? demanda la jeune femme. Vous m'avez presque fait tomber.

Georges s'excusa, murmura quelque facétie sur l'attraction universelle — et celle de Jenny en particulier.

La jeune femme le guida vers la porte tournante, puis le précéda dans le foyer de l'hôtel où un chasseur en uniforme vit immédiatement à qui il avait affaire. Il leur montra du doigt un écriteau et une flèche dirigeant les participants à la conférence sur la S.F. vers le salon princesse Alexandra.

Ils firent le tour d'un gros palmier en pot et avancèrent péniblement le long d'un couloir au sol couvert d'un tapis. Ils arrivèrent devant une bonne grosse dame d'un certain âge assise derrière une table pliante à côté de deux grandes portes vitrées tarabiscotées.

— Avez-vous cinquante pence? demanda Jenny.

— Peut-être bien.

Jenny sortit son billet de son sac et le tendit à la dame. Elle en reçut un autre en échange.

— C'est pour la loterie, expliqua la portière en aparté.

— Quelle loterie? murmura Jenny en retour.

— Mlle Kirt, M. Tabard et M. Boomer ont chacun fait don d'un exemplaire signé d'un de leurs derniers romans.

— On en a de la veine, fit Jenny irrespectueusement.

La portière fronça les sourcils, porta un doigt à ses lèvres.

— Chut! fit-elle, très fort.

Georges paya ses cinquante pence et reçut lui aussi un billet.

Jenny jeta un coup d'œil à travers les portes vitrées.

— Dites donc, ça a l'air plein! fit-elle, avec une certaine surprise. C'est Phil qui va avoir la grosse tête!

— Il y a encore quelques places au fond, murmura la portière.

Un des membres du brain-trust organisateur de la conférence finissait tout juste de répondre à une question. Et Jenny et Georges profitèrent des applaudissements pour se faufiler discrètement dans le salon. Wendell Hammerstein les aperçut immédiatement et leur fit signe de venir au fond de la salle.

— B'jour, vous deux, murmura-t-il. Vous avez quand même réussi à entrer?

Ils lui sourirent, le saluèrent de la tête, et passèrent devant lui pour prendre deux sièges encore libres.

Phil Boomer lisait une nouvelle question, qui semblait avoir trait à l'origine putative des tectites. Il offrit à Peter Lampe d'y répondre. Jenny se tourna alors vers Georges.

— Je vous parie dix balles, lui murmura-t-elle dans le creux de l'oreille, que c'est Phil lui-même qui a envoyé la question. Il a pris ça dans son dernier bouquin.

Elle ne se trompait pas. Après quelques plaisante-
ries de rigueur entre les organisateurs, sur l'estrade,
Lampe renvoya la question à Boomer, lequel eut un
sourire suffisant, s'éclaircit la gorge, et se mit à débi-
ter ce qui suit :

« A ceux d'entre vous qui pourraient encore ignorer
ce que sont exactement les tectites, je crois préférable
d'expliquer qu'elles sont en fait des fragments de la
croûte terrestre vitrifiés par une chaleur intense, il
y a en gros sept cent mille ans. De nos jours, elles
sont distribuées sur de vastes espaces à la surface
du globe, mais on les trouve principalement dans les
terrains alluviaux sur les rivages de l'océan Indien.
Mais jusqu'à présent — et je ne suis pas le seul à considérer cela comme très important — on n'en a point
rencontrées parmi les échantillons prélevés sur les
fonds marins.

« L'origine de ces objets est encore un mystère scientifique, mais depuis que Lee et Yang ont démontré
en 1957 la possibilité théorique de l'existence d'une
antimatière, une hypothèse des plus séduisantes a
été avancée : un bloc de cette substance aurait pu
pénétrer dans l'atmosphère terrestre il y a sept cent
cinquante mille ans. Là, elle aurait rencontré son
équivalent énantiomorphe et aurait été instantanément annihilée. Les tectites seraient donc tout ce qui
reste de cette prodigieuse explosion nucléaire qui
non seulement aurait renversé le champ magnétique
de la terre mais aurait pu également provoquer de
vastes mutations génétiques. En ce cas, il ne serait
point exagéré de dire que l'espèce humaine descend
directement d'un visiteur venu de l'espace, ce que tout
sérieux écrivain de science-fiction affirme depuis des
décennies. »

Il y eut des applaudissements mêlés de quelques
sifflets ironiques et quelqu'un demanda pourquoi
l'on considérait comme important le fait qu'aucune
tectite n'ait été trouvée au fond de la mer.

Boomer ne fut que trop heureux d'éclairer un tel ignorant sur ce sujet. C'était tout simplement, expliqua-t-il, parce que cela laissait entendre que l'explosion qui les avait produites n'était point d'origine météorique au sens ordinaire du terme.

Si un météorite normal s'était désintégré au-dessus de l'océan Indien, on en eût vraisemblablement ramené des fragments parmi les échantillons de sédiments marins qu'on allait cueillir depuis plus de quarante ans au fond de la mer. Tandis que tout météorite composé d'antimatière aurait explosé fort loin de la surface du globe, à l'instant même où ses antiparticules seraient entrées en contact avec celles de l'atmosphère terrestre.

Ici, Peter Lampe intervint pour expliquer que le météore tombé en Sibérie en 1908 était sans doute une autre preuve de la possibilité d'une antimatière.

Quelqu'un demanda si le météore de Boomer n'aurait pas pu être un navire spatial construit en antimatière par des êtres venus d'ailleurs.

Très peu probable, répondit Boomer, mais pas impossible. Après tout, si l'antimatière existe, pourquoi n'aurait-on point des galaxies d'antimatière, et en ces galaxies des civilisations antimatérielles? Il fit allusion à un ou deux romans récents qui avaient utilisé ce thème et se prépara à passer à la question suivante.

— Eh bien, mon vieux, murmura Wendell, la science dépasse la science-fiction, hein?

Georges l'entendit à peine. Il s'était senti de plus en plus mal à l'aise tout au long de la dissertation de Boomer. Il glissait vers le sommeil, croyait tomber en chute libre, enfin mille sensations désagréables. Ce ne fut qu'en concentrant désespérément son attention sur la tête de la jeune fille assise devant lui qu'il réussit à rester à peu près conscient. Mais quand s'éteignirent les applaudissements, à la fin du discours de Boomer, son ancre disparut — la jeune

fille baissa la tête et Georges partit à la dérive. Les
lumières du salon tourbillonnèrent lentement autour
de lui, les applaudissements, comme le flux et le reflux,
lui parurent d'abord proches, puis infiniment lointains. Et sa bouche se remplit soudain de salive.

Il se sentit tomber. Mais tomber *vers le haut*.

— Oh-h-, gémit-il, o-o-ho, puis, l'obscurité chaude
comme la matrice l'engloutit, telle la baleine de
Jonas.

Margery, sa mère et les jumeaux regardaient
Samedi au Palais quand on sonna de façon répétée
à la porte d'entrée. Une tempête de flocons de neige
électroniques tourbillonna sur le petit écran.

— Il a oublié sa clef, je suppose, fit Margery,
fâchée. Va, Katie, ma chatte, va lui ouvrir.

— Oh, maman! gémit Katie, je suis déjà allée
ouvrir la dernière fois. Chacun son tour.

— Bon. Vas-y, Mike.

Si Mike entendit l'injonction, il y resta sourd.

La sonnette se fit de nouveau pressante.

— Marge, fit Mémé, il y a quelqu'un à la porte
d'entrée, j'en jurerais.

Furieuse, Margery se leva d'un bond, sortit majestueusement, traversa le couloir et ouvrit la porte
comme si elle eût voulu l'arracher de ses gonds.

— Mme Cringe?

Avec un étonnement non dissimulé, Margery
observa l'étrange apparition : Wendell Hammerstein.

— Oui, c'est moi.

— Nous avons essayé de vous téléphoner, madame,
fit Wendell en clignant les paupières comme on
actionne un obturateur, mais nous n'avons pas pu
avoir la communication. Je suis désolé, mais votre
mari a eu un accident.

— Un accident? répéta Margery d'une voix mou-
rante.

— On l'a emmené à l'hôpital du comté.

— Oh, mon Dieu! Est-il... mais elle ne put arriver à terminer l'horrible phrase.

— Il est inconscient. Je vous ai ramené sa voiture. Je peux vous conduire auprès de lui.

Margery sortit de la maison.

— Il vaudrait peut-être mieux prendre un manteau, lui conseilla Wendell.

— Un manteau? oui, oui, bien sûr, murmura Margery, rentrant dans le couloir. Que lui est-il arrivé?

— Il est tombé de son siège et il s'est évanoui, c'est tout. A *La Mitre*.

— Il avait trop bu?

— Non, je ne crois pas. Il assistait à la conférence. Jenny dit qu'il est tombé dans l'après-midi, qu'il s'est cogné la tête contre quelque chose.

— Jenny Lawlor?

— Oui. Elle est partie avec lui dans l'ambulance.

— Une *ambulance?*

— Oui, nous en avons demandé une par téléphone, à *La Mitre*. Il y avait un médecin dans l'assistance. Il a diagnostiqué une commotion cérébrale à retardement.

Margery avait réussi à enfiler son manteau. Elle retraversa le couloir en courant, s'arrêta devant la porte de la salle de séjour.

— Maman, je vais faire un saut chez les Hennessy, envoie les enfants se coucher quand il sera l'heure.

— Le sang-froid, j'aime ça, fit Wendell, admiratif, quand elle l'eut rejoint. Vous voulez peut-être conduire?

— Non, merci, je ne pourrais pas. Qu'a dit le médecin?

— Qu'il fallait emmener Georges à l'hôpital, pronto et sans délai. Quand Jenny a vu qu'elle ne pouvait vous joindre par téléphone, elle m'a dit de prendre la voiture et de venir vous chercher.

— Elle était avec lui, n'est-ce pas?

Wendell luí jeta un coup d'œil perspicace.

— Oui. On était tous les trois assis l'un à côté de l'autre.

— Non, mais cet après-midi, je veux dire?

— Ma foi, j'en sais rien. Depuis le déjeuner, je n'ai pas quitté la salle de conférence, répondit Wendell, ouvrant la portière de la Mini. Je ne connais pas trop bien votre banlieue, madame Cringe, pourriez-vous me montrer le chemin?

— Tournez à droite au bout de la rue, répondit Margery en grimpant dans la voiture. Savez-vous ce qu'on va lui faire?

— Non, fit Wendell, passant les vitesses bon train. Je ne suis pas médecin. Mais à mon avis, on va commencer par une radio.

Margery regardait droit devant elle à travers le pare-brise semé de gouttes de pluie. Deux grosses larmes parurent à ses paupières inférieures, puis coulèrent lentement sur ses joues pâles. Elles laissèrent une trace humide, luisante, argentée, dans la faible lumière vacillante et verdâtre des réverbères.

Sans pouvoir se souvenir d'avoir ouvert les yeux, Georges se retrouva en train de regarder en l'air. Il observait un bizarre réseau particulièrement compliqué, qui lui était à la fois inconnu et étrangement familier — mystère qui devait être appréhendé plutôt que compris. Il ne sentait aucun besoin urgent de rechercher la vérité du fait ou ses raisons, et se contentait d'accepter ce qu'il voyait avec un vague sentiment de gratitude, une sorte d'émerveillement d'avoir été choisi, entre tous les hommes, d'avoir été autorisé à le percevoir. Mais il avait en même temps conscience de mille bruits insolites et gênants, tout autour de lui. Une série de clics et de bruissements, de ronflements et sifflements intermittents qui ne lui semblaient avoir aucun rapport concevable avec ce qu'il voyait.

Mais ces bruits se révélaient seulement troublants, et ne faisaient que le détourner de sa contemplation des mystérieux dessins tissés dans le baldaquin au-dessus de sa tête.

Il ne lui fallut pas longtemps pour découvrir qu'en concentrant son attention sur une 'part du dessin particulièrement subtile, il pouvait se détacher des bruits inexpliqués et se livrer complètement à l'inéluctable *hwyllth* d'une couchette *grokkante* de Chnas.

Orgypp éteignit la lumière dans le bureau de Zil. Elle traversa lentement le palier pour aller à la salle de bains et faire sa toilette avant de se coucher. Elle prit une douche, se sécha, frictionna son corps mince d'une aromatique lotion de *myrtl,* défit ses longs cheveux qui recouvrirent ses épaules. Puis elle prit dans une boîte de jaspe ciselée deux feuilles séchées de *suth* — somnifère léger — et les mit sur sa langue. Avant de souffler la lampe, elle regarda un instant son reflet dans le miroir encastré dans le mur.

— Cher *oho,* murmura-t-elle, je vous en prie, je vous en supplie, rendez-moi mon Zil.

A peine cette fervente petite prière s'était-elle échappée de ses lèvres qu'elle entendit un faible bruit sur le palier. Elle alla ouvrir la porte, écouta. Le son se reproduisit. Un doux soupir musical, une tendre plainte qui ne pouvait avoir qu'une seule origine possible. Les pieds nus, elle traversa à petits pas le palier noyé dans l'ombre, atteignit la porte de la chambre à coucher et l'entrouvrit très, très lentement.

— Zil? murmura-t-elle. Zil, est-ce toi?

La forme indistincte sur la couchette ne se devinait, imprécise et spectrale, que grâce aux reflets du clair de lune, qui en soulignaient les reliefs. Un instant, le cœur battant, Orgypp crut que sa prière avait été exaucée. Mais au moment même où elle s'avança vers le lit, quelque instinct lui dit que ce n'était pas Zil. Pourtant, comment la couchette pouvait-elle se tromper à ce point? Car on ne pouvait se méprendre sur ce chant joyeux. Elle alla sur la pointe des pieds jusqu'au bord du lit, observa la créature allongée, immobile, dans sa chemise blanche qui s'arrêtait aux genoux.

— *Chorge!*

Les yeux de Georges se tournèrent lentement vers elle et contemplèrent le visage renversé qui venait de glisser à la surface de sa conscience. Pendant un long moment, il ne fit que le regarder fixement, déconcerté. Puis il le reconnut.

— *Orgypp!* s'exclama-t-il. Ce qui fit naître promptement en la couchette un air délicieux, une musique allègre.

Orgypp entendit cette réaction extatique de la couchette et sut alors que Chorge avait prononcé son nom. Mais on eût dit que ce mot était né de lui-même, silencieusement, en son esprit, comme les discours des Drypidons. Elle ferma les yeux, leva la main droite, la posa sur son sein, sentit son cœur trembler sous ses doigts.

— Que faites-*vous* ici, Chorge?

— *Où suis-je, Orgypp?*

— Vous êtes ici. Sur Chnas. Où est Zil?

— *Il n'est pas là?*

— Non. Chorge, où *est*-il?

Georges lui fit une réponse qui n'était pas précisément faite pour rassurer la jeune femme.

— *Mais tout cela ne se passe pas vraiment, n'est-ce pas? C'est un rêve?*

Orgypp baissa les yeux vers lui, puis sur elle-même. Il lui parut qu'il y avait en Chorge quelque chose de tout à fait singulier. D'abord, la seule partie de sa personne qui semblait pouvoir bouger était son œil. Quant au reste, il aurait tout aussi bien pu être cloué sur la couchette. Elle essaya de lui faire comprendre mentalement sa perplexité, de lui poser une muette question, mais ne rencontra qu'incompréhension. Elle allait avancer la main, et le toucher quand elle eut une soudaine inspiration. Elle fit le tour de la couchette, grimpa à côté de Georges, et allongea le *thrunng* gauche.

Juste au moment où elle le tendait vers lui à titre d'essai, elle remarqua qu'en réalité Chorge n'était pas étendu sur le petit lit, mais qu'il restait apparemment suspendu à trois centimètres au-dessus.

Son *thrunng* se rétracta, timide, comme une corne d'escargot. Et au même instant, Chorge s'éloigna d'elle, glissant silencieusement vers le haut du lit. Un moment plus tard, elle le vit disparaître, les pieds devant, à travers le mur de la chambre à coucher!

Margery et Wendell arrivèrent à l'hôpital juste à temps pour voir deux infirmiers en blouse blanche sortir de la salle de radio un chariot sur lequel était étendu le corps inconscient de Georges. Margery courut vers lui, mais fut bientôt arrêtée d'une main ferme par une dame en robe bleu marine et bonnet blanc bien amidonné, en forme de pagode. Sur son sein couvert d'un tablier, elle tenait serrée une petite planchette portant une feuille de papier maintenue par une pince.

— Madame Cringe? s'enquit-elle, d'une voix professionnellement antiseptique.

Margery acquiesça d'un signe de tête.

— J'ai besoin de votre signature, mon petit.

— Est-ce qu'il est...? réussit à dire Marge, regardant le chariot qui s'éloignait dans le couloir.

— Nous pensons qu'il a toutes les chances de s'en tirer, dit l'infirmière. Maintenant, voulez-vous, je vous prie, signer là. Elle sortit d'une poche de son tablier un stylo à bille qu'elle tendit à Margery. Près de la croix au crayon, s'il vous plaît, madame Cringe.

— Vous feriez peut-être mieux de lire avant de

signer, dit alors Wendell, apparaissant à ses côtés, clignant les yeux comme à l'habitude.

L'infirmière le regarda d'un air de froid mépris. Il n'avait nettement pas l'heur de lui plaire.

— Madame Cringe nous donne simplement l'autorisation de faire l'opération, expliqua-t-elle.

— Quelle opération? demanda Wendell.

— Il faut enlever le caillot du cerveau de son mari.

Margery s'étrangla, émit quelques sons impossibles à transcrire et gribouilla sa signature d'une main tremblante à l'endroit approprié.

— Merci, dit l'infirmière, se permettant un petit sourire soigneusement mesuré, comme si c'eût été une drogue dangereuse. Le professeur Sigmund Ramshorn opérera dès que votre mari aura été préparé. Je pense que vous serez mieux en bas, dans la salle d'attente, si vous voulez rester à l'hôpital.

— Ce sera long, avant de... murmura Margery.

L'infirmière leva les yeux vers une horloge murale électrique.

— Dans vingt minutes à peu près, madame Cringe. A votre place, j'irais boire une tasse de thé.

Zil avança lentement jusqu'au milieu de la corbeille des jardins de Beaufort. Il s'accroupit, et frotta ses mollets douloureux. Il s'était heurté à un banc invisible de la cour de récréation de Vohl. Il leva les yeux vers les lourds nuages bas que les lumières diffuses de la ville teintaient déjà d'orange. Il tenta de se convaincre que ce qu'il voyait n'était qu'une illusion et que ce qu'il regardait en réalité n'était que le dôme fait de miroirs de la salle de mise au point. Il n'y réussit pas.

— Si j'étais aveugle, essayait-il de se démontrer raisonnablement, la Derre n'existerait pas pour moi. Cela signifie-t-il que la réalité dépend de la perception que j'en ai? et qu'en fin de compte *tout* n'est que l'illusion de quelqu'un? Est-ce que j'existe uniquement *parce que* Chorge existe, ou doit-il *son* existence à la perception que j'ai de lui?

Chaque concept était aussi insubstantiel que l'image d'un nuage glissant à travers un miroir du ciel. Et pourtant Zil avait l'étrange conviction de n'être qu'à deux doigts de la vérité, prêt à saisir l'inconnaissable. On eût dit qu'il se trouvait en équilibre au plus haut point d'un *gryllook,* en ce bref instant si vite enfui où l'on faisait l'acte de foi suprême avant de bondir dans les mains de *oho,* cet instant d'éternité impossible à mesurer qui restait pour toujours hors de l'appréhension consciente. Il lui vint à l'esprit que s'il avait été capable de croire en l'existence matérielle de la Derre, comme il croyait en celle de Chnas, il s'y trouverait en vérité, en réalité, au lieu d'être dans cet extraordinaire monde entre les deux, qui n'était ni l'un ni l'autre. Respirant péniblement, il se remit debout avec effort et se prépara à faire une dernière tentative. Il lui fallait encore essayer de *gryllooker* vers Chnas.

La salle d'opération numéro Un de l'hôpital du Comté se trouvait située un étage au-dessous et à vingt mètres à l'est de la pièce où se faisaient les radios. La contiguïté générale de Chnas était telle que cela plaçait également la salle au centre de la cour intérieure de Zil et Orgypp. En fait, et dans son propre continuum, la table d'opération occupait alors précisément cette partie de Chnas qui, en la région équivalente de l'hyper-espace, appartenait au miroir du ciel des Bryn.

Cette rencontre fortuite serait selon toutes probabilités passée inaperçue si Orgypp, désespérant de réussir à s'endormir, n'eût finalement décidé de descendre se préparer un bol de *lakh*. Puis de consoler son esprit troublé en jouant sur sa *ghlune* abandonnée.

Elle sortit donc dans la cour. Et put observer à loisir le cher Chorge qui flottait à l'horizontale, les yeux clos, un mètre au-dessus du centre du miroir du ciel. Il ne semblait projeter aucune ombre ni se refléter sur la surface tranquille de la pièce d'eau piquetée d'étoiles.

Orgypp le regarda, stupéfaite, les yeux écarquillés. Sa tête était dans l'ombre, mais elle eut cependant l'impression fort nette qu'il avait changé depuis le moment où elle l'avait vu pour la première fois.

— Chorge, murmura-t-elle, que faites-vous donc dehors?

Le corps vêtu de blanc ne bougea pas un seul muscle, mais la voix qu'elle connaissait déjà parla de nouveau dans sa tête.

— *Bonjour, Orgypp, dit-elle gaiement. J'espérais bien que vous reviendriez. Où étiez-vous partie?*

C'est sans doute fort singulier, mais le concept de « fantôme » qui nous est si familier n'existe pas sur Chnas, peut-être à cause de la profonde répugnance des Chnassiens à envisager une ligne de démarcation trop nette entre la « réalité » et l'« illusion ».

Orgypp n'éprouva rien qui pût ressembler à de la peur ou même à de l'appréhension, mais elle fut extrêmement intriguée par la situation.

— Mais c'est *vous* qui avez disparu, Chorge, protesta-t-elle, d'un ton de reproche. Et juste à l'instant où j'allais *grokker* avec vous.

Tout en parlant, elle fit le tour du miroir et vint s'arrêter tout près de la tête de Georges. De ce nouveau point de vue, elle perçut immédiatement qu'on lui avait rasé une partie des cheveux et qu'on avait fait un petit trou rond bien régulier dans son crâne. Comme elle se penchait, elle vit quelque chose qui ressemblait vaguement à la peau qu'on voit sur un gâteau de riz s'échapper du trou et disparaître. Ce spectacle la troubla beaucoup, surtout parce qu'il manquait totalement de *hwyllth*.

— Mais que faites-vous donc, Chorge? demanda-t-elle.

— *Je ne sais pas,* répondit la voix intérieure, *quand je vous ai vue la première fois j'ai cru que j'étais mort. Mais à présent je suppose que tout cela est une sorte de rêve. Saviez-vous que j'ai rencontré Zil?*

— Où?

— *Dans les jardins de Beaufort.*

— Est-ce que c'est sur la Derre?

— *C'est juste devant la maison de Jenny. Mais elle, elle n'a pas pu le voir.*

— Il est toujours là-bas?

— *Sans doute, oui. Jenny et moi sommes allés assister à la conférence, à « La Mitre ». Phil Boomer a raconté des tas d'histoires sur les tectites.*

Le trou dans le crâne de Georges fut brusquement refermé avec un morceau d'os circulaire. Un instant plus tard un bout de peau rasée se déroula et vint couvrir l'ouverture. Une ligne de points de suture noirs, réguliers, faisait le tour de la blessure.

Orgypp eut le sentiment que le Temps avançait comme une inexorable marée. Elle avait tant de choses à dire à Chorge. Elle eût désiré lui poser tant de questions. Mais déjà le clair de lune l'éclairait jusqu'à la taille. Et elle sut instinctivement qu'une fois terminé le cercle de points de suture, il s'évanouirait comme la première fois.

Elle tourna autour du miroir du ciel, pour se retrouver à côté de Georges.

— Je *grokke* avec toi, Chorge, murmura-t-elle, haletante, et, dénouant la ceinture de sa robe, elle se pencha vers lui et ferma les yeux.

Son *thrunng* plongea dans la cage thoracique de la forme étendue devant elle comme si elle eût été faite de fumée blanche.

A l'instant même où se produisit ce contact éthéré la surface du miroir du ciel s'agita, l'eau se mit à tourbillonner et les cordes de la *ghlune* oubliée d'elles-mêmes jouèrent une plainte surnaturelle, passionnée, ressemblant assez au cri mélancolique de l'oiseau des marais de Knyff qu'on appelle un *jamé-jamé*.

Quand moururent les dernières notes, Orgypp se sentit repoussée comme par une main géante. Le tonnerre et les éclairs grondèrent et transpercèrent sa pauvre tête. Elle recula, chancela, puis s'effondra, évanouie, sur les coussins humides de rosée.

La brise agita les branches des arbres dans le jardin de Beaufort, fit craquer les brindilles et tomber une pluie de gouttes d'eau qui vinrent crépiter sur l'allée sablée autour de la corbeille. Zil n'entendit rien de tout ceci. Les bras étendus comme un crucifié, en cette attitude qui avait au début attiré l'attention de Georges, la tête rejetée en arrière, il allait faire tourner ses poignets, prononcer les derniers mots. « *Ffllng,* compta-t-il, *Ylleggf.* » Ses mains se levèrent, paumes vers le haut...

[*Eho!*]

Pendant une interminable seconde il lui parut être suspendu au-dessus d'un abîme tandis que la Derre s'attardait encore comme un moucheron tenace, importun, tout au fond de sa conscience. Puis, dans une irrésistible vague de soulagement, de joie, il sut que le *gryllook* avait enfin réussi. La clef tourna. Une à une les gardes de la serrure cliquetèrent, le bruissement désolé des eaux solitaires balayées par le vent lui parvint brusquement, ses lèvres goûtèrent la vive et amère salure de l'air marin.

Oho, murmura Zil, et il ouvrit les yeux...

Georges se réveilla de l'anesthésie à minuit cinq. Il n'y eut point de ces terribles efforts pour revenir à la vie, de ces étouffements, de ces vomissements répétés auxquels Margery s'était attendue. En fait, elle ne s'aperçut même pas du moment précis où il revint à lui, parce qu'elle lisait une revue féminine qu'elle avait trouvée en bas dans la salle d'attente. Quand elle eut l'idée de jeter un coup d'œil sur le lit, elle vit que Georges avait les yeux ouverts et comprit enfin qu'il était de retour dans le monde des vivants.

— Georges? murmura-t-elle.

Il bougea lentement les yeux, la considéra d'un air méditatif.

— Seigneur, fit-il, où suis-je?

— Tu es à l'hôpital, répondit-elle. On a dû t'opérer d'urgence. Comment te sens-tu?

— Marge? dit-il, d'un air de doute.

Elle essaya de lui faire un sourire rassurant, puis brusquement se mit à pleurer.

— Oh, Georges, gémit-elle, oh, Geo-geo-georges! et, laissant tomber sa tête sur sa poitrine, elle continua à sangloter.

Georges fronça les sourcils, évidemment perplexe. Il sortit la main droite de sous les couvertures et caressa distraitement les cheveux de sa femme.

— Tu as bien dit « opération »?

— Tu avais... un caillot... dans le cerveau, fit-elle d'une voix entrecoupée.

— Eh bien, ça, par exemple! murmura Georges. Il leva la main, la passa sur les pansements dont son crâne était enveloppé.

— Tu as raison. Tu sais, Marge, je me croyais mort.

Cette révélation toute simple amena un redoublement de sanglots.

— Oui, oui, je t'assure, c'était on ne peut plus bizarre. Tu sais, Marge, pendant un instant, j'ai vraiment cru que tu étais Orgypp, dit-il baissant les yeux vers elle. Elle avait caché son visage dans les draps. Il écarta doucement ses cheveux répandus sur ses épaules pour découvrir les oreilles et la nuque. Et il se mit à sourire. Orgypp, murmura-t-il, eh bien, eh bien!

— Oh, Georges, bredouilla Margery, prise d'un frisson, respirant encore avec peine, j'étais si inquiète.

— Courage, je suis là, n'est-ce pas? Regarde ce que tu fais, le drap va être trempé. Il la cajola, lui sourit, lui fit relever la tête. Appelle-moi donc Lazare, ajouta-t-il.

A son tour, elle réussit à lui faire un pâle sourire. Alors Georges, de la manière la plus amicale, glissa la main dans l'ouverture de sa robe et lui caressa les seins. Elle ne fit aucun effort pour l'en empêcher.

— Je voulais juste m'assurer que tu étais bien réelle, murmura-t-il, comme pour lui-même.

— L'infirmière m'a dit de sonner dès que tu serais réveillé.

— Tu ferais mieux de fermer la porte à clef, dit Georges avec un large sourire.

— *Georges!* Tu ne peux pas... tu aurais une rechute ou quelque chose comme ça!

— Tu as peut-être raison. Mais, miséricorde, c'est fou ce que je me sens émoustillé!

Margery secoua la tête, comme pour s'éclaircir les idées puis rougit brusquement.

— Eh bien, eh bien, fit-il avec un petit sourire, ça doit être assez contagieux!

Elle se pencha sur lui, couvrit ses lèvres des siennes, ouvrit la bouche, et leurs langues *grokkèrent* longtemps et voluptueusement.

Enfin, elle s'écarta de lui à regret, enleva doucement la main toujours nichée entre ses seins, hocha la tête.

— Oh, Georges, dit-elle avec un soupir.

Il s'adossa confortablement à ses oreillers et regarda autour de lui dans la chambre. Par une délicate attention, quelqu'un avait posé un vase de fleurs artificielles sur la table roulante au pied du lit. Elles lui cachaient en partie une plaque vernie scellée dans le mur. Il ne put lire que les lettres M.G.N. R.KH. S. Il fronça les sourcils, ses yeux parurent regarder quelque chose au loin.

— Orgypp, murmura-t-il.

— Tu as déjà dit ça, lui rappela Margery. Qu'est-ce que ça veut dire?

— Qu'est-ce que tu lis sur cette plaque?

— Salle Morgan Rackhurst, dit Margery, tournant la tête. C'est une de celles qui ont été fondées par un riche donateur.

Georges tentait de retrouver un souvenir dans les coins poussiéreux de sa mémoire. De traverser le miroir. Il lui parut effleurer l'ombre de quelque chose. Il vit un éphémère dessin. Des frondes entrelacées, tissées en l'étoffe d'un baldaquin. La voix d'une femme chanta quelque part au fond de sa tête. *Moi... Mgn Rkhs... vol... tomb... o...*

— *Nohwom,* murmura-t-il.

Margery tendit la main vers la sonnette et pressa fermement sur le bouton.

Comme ils se dirigeaient ensemble vers la salle de l'assemblée plénière du Conseil général, Sng Rmh expliqua à Orgypp que les fantaisistes cailloux du *rhn* avaient retrouvé la raison.

— Ce matin, quand mes deux jeunes filles sont allées ranger les appartements privés, elles ont trouvé le surtout renversé et les pierres dispersées aux quatre coins de la pièce, fit-il, jetant à Orgypp un rapide regard de sous ses sourcils blancs. Vous m'avez bien dit que Grll Grng était votre arrière-arrière-grand-mère, n'est-ce pas?

— Oui, Conseiller. Puis-je vous demander pourquoi vous me posez cette question?

— La vieille Grll m'est apparue en rêve la nuit dernière. C'est la deuxième fois que cela lui arrive. Et elle m'a donné un message.

— A propos de Zil, peut-être?

— Il était excessivement hermétique, répondit le vieil homme. Il consistait en deux mots et un nombre qu'elle écrivit avec le doigt à la surface d'un miroir du ciel. Puis elle me fit signe de m'approcher pour lire ce qu'elle avait écrit. En avançant, je me rendis compte que ce que j'avais pris pour un miroir du ciel

était en réalité une fenêtre. Et par elle, je pus voir,
en me penchant, une pièce ronde pleine de machines
extraordinaires. Et votre Zil était étendu sur une
couche de métal, entouré d'hommes vêtus de robes
blanches que je pris pour des prêtres. La vision ne
dura qu'un instant, mais elle fut remarquablement
nette.

Orgypp attendit qu'il continuât son récit, mais il
était retombé dans un silence méditatif. Aussi crut-
elle bon de le pousser à reprendre la parole.

— Et quel était le message de Grll Grng, Conseiller?

— Quoi? fit le vieil homme. Oh! le message! Oui.
Elle a dit : « Nos ombres », et écrit le chiffre 10, avec
son doigt.

— Qu'est-ce que cela signifie, Conseiller?

— Orgypp, je n'en ai pas la moindre idée.

Ils marchèrent en silence une minute ou deux.

— J'ai vu Chorge Gringe la nuit dernière, dit enfin
Orgypp.

— Vous avez fait un rêve, vous aussi?

A la vérité, Orgypp, en toute honnêteté, ne savait
pas trop ce qui s'était passé. Elle décrivit ce qui lui
était arrivé depuis le moment où elle avait quitté le
sanctuaire jusqu'à l'instant où elle s'était réveillée,
étendue seule à côté du miroir du ciel.

— Et il vous a dit qu'il avait vu Zil? s'enquit Sng
Rmh, soucieux.

— Oui, il m'a dit qu'il l'avait rencontré sur Derre.

— Extraordinaire, marmonna le conseiller. Tout à
fait extraordinaire, mon enfant.

— Zil me reviendra, n'est-ce pas, Conseiller.

— Oui, oui, ma chère, j'en suis convaincu. En fait,
je commence à me demander s'il est jamais parti.

— Mais alors, où est-il à présent? demanda Orgypp,
toujours raisonnable.

— Où sommes-nous tous, Orgypp? Où est Chnas?
Pouvez-vous me le dire?

— Chnas est *ici,* Conseiller.

— Parce que nous le *croyons,* Orgypp. Mais cela signifie-t-il que c'est la vérité?

Ce genre d'arguments métaphysiques n'était point fait pour Orgypp.

— Vous le savez mieux que moi, Conseiller.

— Non, non, Orgypp, croyez-moi, je ne me moque pas de vous. Mais nous sommes tous esclaves de nos sens. *Oho* a limité nos capacités de perception. Ses desseins sont mystérieux. Mais je commence à soupçonner qu'il a bien pu choisir Zil pour écarter un peu plus le rideau et nous permettre de mieux voir.

— Et que verrons-nous alors, Conseiller?

— Cela, mon enfant, *oho* seul le sait, répliqua le vieil homme avec un doux sourire.

Deux jolies petites infirmières entrèrent dans la salle Rackhurst, ranger la chambre. L'une venait des Indes occidentales, l'autre était Anglaise. La première se nommait Peyotal, l'autre Sylvia, dirent-elles à Georges quand il leur demanda leurs noms. Elles rirent et bavardèrent en donnant des coups de poing dans les oreillers pour les regonfler, en tirant draps et couvertures. Georges les trouva toutes deux ravissantes et le leur dit. Ce qui les fit rire encore davantage. Elles s'appelaient l'une et l'autre « Pet » et « Sylv », et déclarèrent à Georges qu'il ressemblait à un sikh. Le soleil matinal brillait à travers la fenêtre, ses rayons atteignaient le bout du lit. Tandis qu'il lui réchauffait les pieds sous la couverture, Georges se prit à penser que la vie avait sans doute encore beaucoup à lui offrir.

Sng Rmh avait déjà informé le Conseil de la mystérieuse disparition de Zil et du comportement phénoménal des *rhns*. Quand il entra avec Orgypp dans la salle, il vit qu'elle était pleine et qu'on avait dû apporter un certain nombre de sièges des salles voisines, pour pouvoir faire asseoir tout le monde. L'assistance n'avait jamais été si nombreuse. Il précéda Orgypp jusqu'à la tribune, présenta la jeune femme au président, Drg Myff. Orgypp tint les yeux modestement baissés en attendant que Sng Rmh eût fini de parler, puis fit une profonde révérence devant le trône du président. Drg Myff lui sourit.

— Le Conseil est heureux d'accueillir ici la descendante de Grll Grng, dit-il avec bienveillance.

Quand elle entendit ce nom, l'assistance se mit à murmurer, très excitée. Drg Myff la calma en levant la main et demanda qu'on approchât deux sièges et qu'on les plaçât à la droite de la tribune, juste au-dessous de lui. Il attendit que Sng et Orgypp fussent assis, puis ouvrit la séance en faisant un bref résumé des événements qui l'avaient amené à convoquer une assemblée plénière. Cela terminé, il laissa la parole à son ami Sng Rmh.

Le vieil homme se leva, s'inclina devant le président, et devant ses pairs et donna un récit précis et sans fioritures de tout ce qui s'était passé depuis la dernière fois où il avait fait une apparition dans la Chambre du Conseil. Quand il en arriva au point où les cailloux de *rhns* s'étaient comportés de cette façon inouïe, il y eut des murmures d'incrédulité au fond de la salle. Sng Rmh resta stoïque et n'en tint pas compte, tirant sans aucun doute consolation du proverbe chnassien bien connu : « Nul n'est prophète en son pays — ce qui n'empêche pas d'être prophète. »

— Je suis absolument convaincu, continua-t-il, d'avoir eu le privilège d'être le témoin de cette révélation dont parle Jhn Nwt dans sa *Divination,* et à laquelle il donne ce titre mystérieux : *A propos de Mgn Rkns.* Si vous aviez été présents, mes amis, vous sauriez vous aussi maintenant ce que signifie : *Ce qui est n'est pas; ce qui n'est pas, est.* Une seule question me trouble encore : pourquoi ai-je été ainsi choisi?

— Brvo, brvo, lança une voix irrévérencieuse. Un

froncement de sourcils du président la fit taire.

Sng Rmh ne tint aucun compte de l'interruption.

— Ce qui m'amène au sujet de Grll Grng, continua-t-il.

Le silence se fit. Sng s'en aperçut, bien entendu,
sourit pensivement, hocha la tête.

— Il semblerait que je ne sois pas le seul, n'est-ce
pas? Puis-je demander combien d'entre nous l'ont
vue apparaître en rêve la nuit dernière?

Onze conseillers levèrent la main. Sng Rmh reconnut parmi eux celui qui avait jugé bon de se moquer
de lui.

— Et pourrions-nous savoir quel message on vous
a donné, Eno Pll? s'enquit-il.

— Le nombre huit, répliqua Eno Pll.

— Aucun mot?

— Si, avoua le conseiller. Un.

— Voudriez-vous nous le dire?

— « Mensonge », marmonna Eno Pll.

— « Mensonge », conseiller?

— C'est bien le message.

— Excusez-moi, fit Sng Rmh d'une voix sévère, je
pensais que ce mot s'adressait à moi — et que vous
aviez jugé bon de douter de la vérité de mes paroles.

Son cœur fut tout réchauffé par une tempête de
rires approbateurs qui s'éleva alors dans la salle
pleine.

— Eh bien, reprit-il, essayons donc de découvrir ce
que Grll Grng veut nous faire savoir. Qui a reçu le
nombre Un?

— Moi, répondit d'une voix flûtée une vénérable
vieille dame. Et les mots étaient : « Tout temps. »
Je me les rappelle fort bien.

— « Tout temps », répéta Sng Rmh. Parfait. Le
nombre Deux?

— Je n'ai eu qu'un seul mot, dit un autre vieillard :
« Est ».

Sng Rmh alla de l'un à l'autre pour recueillir les

fragments épars des rêves. Quand il en arriva au douzième et dernier, il se rendit compte qu'il avait rassemblé un remarquable *chnt* de contemplation :

> *Tout temps*
> *Est*
> *Le présent*
> *Nous*
> *N'existons*
> *Qu'en un rêve*
> *Dont les rêveurs*
> *Gisent*
> *En travers de nous-mêmes*
> *Nos ombres,*
> *Eux-mêmes*
> *Les leurs, nous.*

Tout en récitant le *chnt,* les mots commencèrent à chanter dans ses oreilles comme le bruit de la mer, et il vit que ses doigts pinçaient inconsciemment les cordes d'une *ghlune* fantôme.

— Oh! quelle *hwyllth* la vieille Grll nous a donnée, Orgypp, murmura-t-il. Ne l'entendez-vous point?

— Si, fit Orgypp, et pendant un instant il lui parut se retrouver sur Astryl, à regarder la danse des étoiles au-dessus de la mer d'argent liquide. Oh! si seulement Zil avait été là!

Un *rortl* trotta autour de la Chambre, vint apporter un message au président. Drg Myff y jeta un coup d'œil, posa une question au *rortl,* puis leva la main pour demander le silence.

— On vient juste de me transmettre un message de l'ambassade des Drypidons. Ils m'informent que l'auteur du *Pèlerinage de Chorge Gringe* est arrivé sur Astryl.

Jenny vint voir Georges au début de l'après-midi. Elle le trouva assis dans son lit, en train de lire les journaux du dimanche.

— Devinez ce que j'apporte? dit-elle, en lui tendant un sac en plastique. Vous avez gagné le gros lot de la tombola.

— Quelle tombola?

— Rappelez-vous. La Conférence. Quatre premières éditions signées. Phil dit qu'un jour elles vaudront une fortune.

— Nom d'une pipe! s'exclama Georges, sortant les livres du sac, pour regarder les signatures. Et vous dites que j'avais acheté un billet?

— Comme tout le monde. J'ai retrouvé le vôtre dans la poche de votre veste, quand je cherchais les clefs de la voiture. A vrai dire, c'est Samantha qui la vu.

— C'est vous qui m'avez amené à l'hôpital, Jenny?

— Disons que c'est l'ambulance.

— Et Wendell est allé chercher Margery?

— Oui.

Georges hocha la tête sans rien dire.

— Je trouve votre Margery très gentille, dit Jenny, et charmante. Et beaucoup plus jeune que je ne croyais.

— Vous lui avez parlé?

— Bien entendu.

— Avez-vous fait une allusion à Zil?

— Zil? Oh, *Zil*. Eh bien, je lui ai dit que vous vous étiez conduit d'une façon plutôt bizarre pendant l'après-midi. Ce qui est rester fort au-dessous de la vérité, à la réflexion. Car enfin — je veux dire que — vous me comprenez, quoi.

— Mais c'est arrivé, Jenny.

— Bien sûr, bien sûr. Et c'est pour cela que vous êtes ici en ce moment, après tout.

— J'ai vu Zil. Et cela n'a rien à voir avec le coup que j'ai reçu sur la tête et mon évanouissement.

— Hum, hum! fit Jenny, lui lançant un long regard.

— J'ai aussi vu Orgypp, vous savez.

— Orgypp?

— Oui, et elle m'a demandé où était Zil.

— Elle vous a *parlé?*

— D'une certaine manière, oui.

— Quand?

— La nuit dernière, avant que je me réveille.

— *Avant!*

— Je sais fort bien ce que vous pensez, dit Georges patiemment, mais je n'y peux rien. C'est arrivé comme je vous l'ai décrit, je vous le jure.

Jenny prit un paquet de cigarettes dans son sac, et en alluma une en prenant son temps.

— Bon. Continuez, dit-elle enfin. Racontez-moi tout ce qui s'est passé. Que vous a-t-elle dit d'autre?

— « Je *grokke* avec vous, Chorge. »

Jenny réussit à dissimuler un sourire en faisant semblant d'ôter un brin de tabac collé à sa lèvre.

— Eh bien! dit-elle gentiment. Et l'a-t-elle fait?

— Oui.

— Était-ce...?

Jenny entrelaça ses doigts puis les écarta lentement, comme pour représenter symboliquement une fleur qui s'épanouit. Et le geste fut aussi beau qu'érotique. Par une étrange coïncidence, c'était également le troisième mouvement du rituel du *gryllook* chnassien.

— Je ne sais ce que c'était, fit Georges, pensif, mais je sais parfaitement ce qu'elle voulait me faire comprendre.

— Quoi? demanda Jenny, curieuse.

— Elle veut que je cesse d'écrire sur Agénor.

— *Agénor?*

— C'est mon histoire de Zil et Orgypp.

— Je vois, je vois. A-t-elle dit pourquoi?

— Elle ne l'a pas *dit,* expliqua Georges patiemment, elle l'a *grokké.*

— Ah!

— Oui. Et cela n'a rien à voir avec la parole. Vous ne pouvez imaginer la différence qu'il y a entre les deux.

Assis sur un divan au matelas gonflé d'eau dans
l'aquadôme astrylien, Zil conversait avec un Drypidon. Ce qui équivaut à dire qu'il était effectivement
en communication avec toutes ces aimables créatures. Un vent assez fort recouvrait d'une fragile résille
d'écume l'extérieur de la paroi transparente du dôme.
Le soleil levant faisait naître mille irisations scintillantes dans les bulles et transformait l'intérieur de
l'aérienne structure en un trésor de *hwyllth* visuelle.

Zil avait décrit assez longuement les événements
qui s'étaient passés depuis qu'il avait quitté Astryl.
Il savait fort bien que les Drypidons avaient certainement déjà reçu toutes ces informations, que de plus
ils pouvaient les lire en lui, mais il découvrit que les
raconter l'aidait à s'orienter, à éclaircir ses propres
idées sur la nature de sa situation.

— Et le plus extraordinaire, conclut-il, est mon
sentiment, ma conviction qu'Orgypp a été responsable
du succès de ce dernier *gryllook*.

Lorsqu'il prononça le nom de la jeune femme il
sentit comme une vague de ravissement se communiquer de l'un à l'autre de ses hôtes invisibles.

— Ô Orgypp! soupirèrent-ils. Une femme comme il
en est peu!

— Y a-t-il une explication à cela? demanda Zil
d'un ton plein de déférence.

Il y eut un moment de silence et de méditation.

— Il existe des créatures, dit enfin le Drypidon,
dont la *hwyllth* particulière est d'être sensible à
l'harmonie profonde de la création. Elles la ressentent
avec une intensité déniée aux autres. En raison de
cette faculté si rare, Orgypp a pu, selon nous, comprendre, peut-être même inconsciemment, la situation difficile dans laquelle se trouvaient deux êtres
énantiomorphes compatibles. Elle a pu ainsi faire
cesser momentanément votre unique interdépendance.
Qu'elle ait su ce qu'elle faisait, c'est là chose qu'elle

seule pourrait vous dire. A notre avis, elle n'en fut point consciente, au sens chnassien. Pardonnez-nous de vous parler franchement, mais une perception telle que celle possédée par Orgypp est d'un type tout à fait différent de la vôtre. Nous, Drypidons, la reconnaissons pour la sympathie harmonique fondamentale, l'accord avec l'univers, et la révérons au-dessus de toute autre. Zil Bryn, vous êtes en vérité un homme fortuné. Avoir une femme comme elle est un grand bonheur.

— Alors, pourquoi suis-je arrivé ici, et non sur Chnas?

— C'est là également une question à laquelle nous avons consacré de longues heures de réflexion, répondit le Drypidon. Et pour l'instant, nous n'y avons pas encore trouvé de réponse satisfaisante. Nous croyons, cependant, que votre présence sur Astryl pourrait bien, en fin de compte, être une anomalie temporelle plutôt que spatiale. Pourtant, comme nous savons que le temps et l'espace forment essentiellement un tout indivisible, cela ne veut rien dire de plus que ceci : vous êtes ici sur Astryl parce qu'il faudra bientôt que vous vous y trouviez.

— Oh! fit Zil. Et pour combien de temps?

— Cela dépendra, sans doute, de la contiguïté transcendantale de votre semblable éniantomorphe.

— Chorge? Vous voulez dire *qu'il* m'a envoyé ici?

— Pas encore, répondit évasivement le Drypidon.

— Mais ne puis-je *gryllooker* vers Chnas?

— Pour l'instant, vous ne pouvez retourner ni sur Chnas ni sur la Derre, répliqua le Drypidon. Nous avons cependant fait savoir à votre Conseil que vous vous trouviez ici présentement, et nous venons juste de recevoir la nouvelle qu'Orgypp et le vénérable Sng Rmh vont bientôt se mettre en chemin pour vous rejoindre. Nous permettez-vous de dire que nous attendons leur arrivée avec le plus grand plaisir?

— Tout comme moi, répondit Zil.

Margery entra dans la salle Morgan Rackhurst, portant d'une main un gros bouquet de chrysanthèmes fauves, et de l'autre une mallette.

— Bonjour, mon chéri, fit-elle gaiement. Désolée d'être en retard. Comment te sens-tu aujourd'hui?

— Oh, très bien. Je suis en pleine forme!

Elle se baissa pour l'embrasser.

— Je vois qu'on a réussi à te raser.

— Sylvie — l'une des infirmières — a emprunté un rasoir pour moi.

— Sylvie? Eh bien, tu vas vite en besogne! s'exclama Margery, mais sa voix avait perdu le ton aigre de naguère. Tiens, ajouta-t-elle, en ouvrant la mallette, des pyjamas, des pantoufles, la robe de chambre, le rasoir, les affaires de toilette...

— Tu n'as pas oublié mes cahiers?

— Mais non, ils sont au fond. Je n'ai pu en trouver que deux sur ton bureau.

— Le compte y est. Et le stylo à bille?

— Il est là-dedans quelque part. Où est-ce que je mets tout ça, dans l'armoire?

Elle rangea soigneusement toutes ses possessions sur les étagères.

— Jenny Lawlor a téléphoné. Elle a dit qu'elle avait l'intention de faire un saut jusqu'ici.

— Elle est déjà venue. Elle m'a apporté ces livres.

— Tu ne t'ennuies pas trop?

— Oh, pas du tout. Le patron lui-même est venu me faire une petite visite ce matin.

— Je sais. Je viens de parler à l'infirmière-chef. Elle dit que tu as eu une chance extraordinaire de tomber sur lui. C'est un des meilleurs neurochirurgiens du pays.

— Il a eu de la chance aussi, fit Georges avec un sourire, il a pu travailler sur une des meilleures têtes du pays.

Margery referma la mallette vide, sortit les chrysanthèmes de leur papier et les disposa avec goût dans le grand vase où se trouvaient auparavant les fleurs artificielles. Georges l'observait, essayait de comprendre ce qu'il y avait de changé en elle. Il finit par décider que c'était sa nouvelle façon de se tenir bien droite.

— Tu as l'air en pleine forme, toi aussi; qu'est-ce qui t'est arrivé?

— Je suis contente de te retrouver, c'est tout, fit-elle, tournant la tête pour lui sourire. Puis elle continua d'arranger ses fleurs. Voilà, qu'en penses-tu?

— Oh, c'est superbe. Maintenant, va fermer cette porte à clef.

— Oh, Georges, non, *je ne peux pas!* Ils apportent le thé. Je les entends déjà.

— Tu aurais accepté, sans cela?

— Je n'en suis pas trop sûre, avoua-t-elle. Peut-être.

— Après tout, comment peux-tu être sûre que je suis vraiment vivant, hein? Je suis peut-être un fantôme?

— Qu'est-ce qui peut bien te donner des idées pareilles? demanda-t-elle en riant.

Le soleil astrylien était à son zénith au-dessus de l'aquadôme quand Orgypp et Sng Rmh se matérialisèrent sur la plate-forme d'arrivée. Ils respirèrent tous deux avidement le bon air revivifiant.

— Merveilleux! s'exclama le vieil homme, les narines grandes ouvertes pour mieux goûter l'ozone. Je devrais vraiment me promener davantage. J'avais oublié à quel point le *gryllook* peut être stimulant!

Zil bondit hors du dôme, se hâta de monter la rampe en spirale menant à la plate-forme.

— Orgypp! Orgypp! hurla-t-il.

Elle se jeta dans ses bras comme un papillon dans la flamme. Leur extase, leur passion fit s'envoler mille Drypidons comme des fusées d'argent dans l'air léger.

— Oh, Zil, murmura-t-elle avec ravissement, *oh, Zil!*

Sng Rmh les considérait, le visage rayonnant, et fredonna un *chnt* de retrouvailles derrière ses moustaches ébouriffées par la brise.

— Charmant, charmant, murmura-t-il, avec un petit rire. Une véritable fontaine de *hywllth!* Soyez le bienvenu, Zil Bryn, soyez le bienvenu!

— Excusez-moi, Conseiller, dit Zil, confus, écartant doucement son *thrunng* de celui de la jeune femme, pour le tendre au vieil homme. Je manque aux bienséances.

Les trois Chnassiens, en *grokkant,* se souhaitèrent joie et paix tandis que les Drypidons, au-dessus de leurs têtes, tourbillonnaient en un ballet impromptu, gai et gracieux, exécutant les figures d'une de leurs danses-de-vie.

— On nous a préparé des rafraîchissements, en bas, murmura Zil. Puis, incapable de se contraindre plus longtemps, il cria : J'ai à vous raconter les choses les plus *extraordinaires!* Je me suis trouvé dans deux mondes à la fois! Oui, j'étais sur Chnas, tout ce temps-là, et j'étais pourtant aussi sur la Derre!

— Doucement, Zil, doucement, fit Sng Rmh avec un sourire. Laissez-nous d'abord présenter nos respects à nos aimables hôtes, comme il se doit. Après, n'ayez crainte, vous pourrez tout nous raconter. Venez, conduisez-nous en bas.

Une fois à l'intérieur du dôme, ils virent qu'un repas leur avait été préparé sur la plate-forme centrale d'où partaient cinq jetées, comme les rayons d'une roue. Les espaces entre ces jetées formaient comme des réservoirs sans fond. Et dans chacun flottait un Drypidon, choisi parmi les Anciens. Les trois Chnassiens *grokkèrent* cérémonieusement avec tous avant de s'asseoir sur le divan circulaire à matelas d'eau entourant la table pentagonale. Sng Rmh prononça un élégant petit discours au nom du Conseil chnassien puis, après avoir rendu grâce à *oho*, ils firent honneur au repas. Et Zil, pour la deuxième fois de la journée, raconta ses aventures.

Quand il eut terminé, Orgypp, puis Sng Rmh expliquèrent à leur tour le rôle qu'ils avaient joué dans cette affaire. Les Drypidons ne dirent pas un mot pendant ces prolixes récits. Et finalement Orgypp se tourna vers l'un d'eux pour l'interroger.

— Ces choses-là peuvent-elles vraiment exister?

— Assurément, Orgypp, répliqua l'aimable créature.

— Alors, notre Chorge est *réel?*

— Il est tout aussi réel pour lui-même que vous l'êtes pour vous, mon enfant.

— Mais alors, où est la Derre?

— Nous pensons qu'en cet instant il se peut fort bien qu'elle soit Chnas.

— Qu'elle *soit* Chnas! Mais c'est impossible.

Les Drypidons rirent doucement.

— Je veux dire que si la Derre *était* là-bas — *était* Chnas — eh bien, nous la verrions, tout de même!

— Pas nécessairement, Orgypp, répondit un des Drypidons. A la lumière des récentes expériences de Zil, nous en sommes arrivés à penser qu'il peut fort bien exister un nombre infini de continuums asomatiques — appelez-les des « autres mondes » si vous le voulez — qui peuvent occuper n'importe quelle région identique de l'hyperespace. Et tout comme il vous est possible en tendant la main, en allongeant le *thrunng,* de toucher Zil à côté de vous, il vous est également possible de faire le tour de la table pour revenir le toucher. D'une certaine manière, le *gryllook* est analogue au premier contact direct. Mais de temps à autre, très rarement, en certaines circonstances, que nous ne comprenons pas encore totalement, il permet aussi au voyageur de pénétrer les barrières transcendantales qui séparent les divers continuums. Ce qui au départ devait être un déplacement horizontal devient un déplacement vertical.

Malheureusement, comme nous autres Drypidons l'avons découvert à nos dépens, le *hwoming* d'un continuum à l'autre n'est en aucune manière garanti. Et ce furent nos expériences en ce domaine qui nous amenèrent à abandonner le *gryllook* régulier en commun, il y a une éternité.

— Mais alors que se serait-il passé si j'avais réellement réussi à arriver sur la Derre? demanda Zil.

— Nous ne le savons pas, fit le Drypidon. Mais il semble qu'il y ait trois solutions possibles : la première est que Chnas et la Derre se seraient mutuellement annihilées, la seconde est que seuls vous-même et votre infortuné semblable énantiomorphe vous seriez anéantis mutuellement, la troisième est que vous auriez simplement changé de place l'un et l'autre. Étant donné qu'aucune de ces trois choses ne s'est produite, nous n'avons aucun moyen de savoir laquelle de ces théories est la bonne, si même s'il en est une d'exacte.

Orgypp paraissait pensive.

— Mais si Zil n'était ni sur la Derre ni sur Chnas, demanda-t-elle, où était-il donc?

— Comment se fait-il que vous autres, Chnassiens, persistiez à vous percevoir les uns les autres comme des entités physiques ayant la libre disposition d'elles-mêmes? soupira le Drypidon. Nous avons reconnu depuis bien longtemps que toutes les structures physiques ne sont que certains modèles de champs de forces en état de stase temporelle. Et nous en sommes venus à penser que ces modèles peuvent se refléter, être reproduits à l'infini à travers tous les continuums existants. Mais il faut dire aussi que nous reconnaissons douze états de l'énergie tout à fait distincts, alors que vous, Chnassiens, n'en admettez que six. Cela posé, et considérant les choses dans un système de coordonnées chnassien, la seule réponse à votre question, Orgypp, ne peut être que celle-ci : Zil était à la fois en deux temps au même endroit et à deux endroits en même temps. Au cours de cette expérience, son champ d'énergie personnel a subi un déplacement subjectif temporaire dû à des circonstances psychiques qu'il nous faut considérer comme très exceptionnelles — nous l'espérons tout au moins. A la vérité, votre description de votre rencontre avec le semblable énantiomorphe de Zil nous semble un argument de poids en faveur de notre troisième hypothèse. Pour le moment, nous penchons à croire que votre tentative de *grokker* avec lui a bien pu faire pencher la balance, être la cause directe de la réapparition de Zil ici, sur Astryl. Heureusement peut-être pour vous trois — sans parler de Chnas elle-même — il semble que le déplacement du champ de forces ait été minime.

Orgypp tendit la main et caressa doucement le *thrunng* de Zil. Sng Rmh toussa discrètement.

— Je me demandais, dit-il, si vous aviez pu éclaircir le problème de la récente apparition dans nos rêves de Grll Grng.

— Ah oui, le *chnt,* murmura le Drypidon. Un très remarquable exemple d'essence symbolisée. Quant à l'apparition qui l'a accompagné, nous devons la considérer comme une preuve subjective indiquant la recrudescence, après un temps de disparition, d'une forme de personnalité à tendance dominatrice. Nous autres sur Astryl, n'avons naturellement aucune expérience de ce genre de chose. Mais à la lumière de ce que vous nous avez raconté, nous pourrions hasarder une hypothèse : ce phénomène fut en quelque manière lié avec la soudaine apparition d'un nouveau champignon à Knyff.

— Vraiment! s'exclama Sng Rmh. Voilà une chose fort intéressante! Et pensez-vous que les expériences de Zil Bryn aient pu avoir un lien quelconque avec cette affaire? Mon Conseil serait fort heureux de connaître là-dessus votre opinion.

— Certains rapports sur cette éruption de champi-

gnons nous sont parvenus par l'intermédiaire de notre
ambassade, dit le Drypidon. Le curieux parallélisme
entre les effets secondaires des champignons de Knyff
et les expériences de Zil vaut certainement d'être étu-
dié de manière plus approfondie. Cependant, comme
vous le comprendrez aisément, j'en suis sûr, Sng Rmh,
nous n'avons qu'une connaissance des plus limitées
de ce phénomène de chevauchement transcendantal.
Mais si notre hypothèse se révèle juste et si l'on peut
montrer que les deux événements sont plus que de
pures coïncidences, il est fort probable alors que
l'affaire s'expliquera d'elle-même très prochainement.
A condition, bien entendu, que Zil reste avec nous
sur Astryl.

— Sur Astryl! Mais pourquoi? s'exclama Orgypp,
désorientée.

Zil lui expliqua ce que lui avait dit le Drypidon
avant son arrivée.

— Mais faudra-t-il qu'il reste longtemps? cria-t-elle.

— A notre avis, une bonne année chnassienne,
au moins, Orgypp, dit le Drypidon. Et nous espérons
naturellement que vous voudrez bien lui tenir compagnie.

— Mais son poste?

— Nous avons pensé que votre Conseil serait probablement disposé à lui accorder un congé, étant
donné les circonstances. Il aurait alors tout le temps
de terminer son livre. Il pourrait également exercer
les fonctions de Consul de Chnas. Quant à vous,
Orgypp, vous pourriez tous nous enrichir, nous faire
participer à votre *hwyllth*. Il en est tant en vous, mon
enfant. En retour, si vous le désiriez, nous pourrions
vous apprendre les notions élémentaires de la communication subliminale.

— Mais quelle générosité de votre part! s'exclama
Sng Rmh. Je puis vous dire tout de suite, au nom du
Conseil, que nous serons fort heureux de libérer Zil
de ses tâches pédagogiques. Comme vous le savez, le

Pèlerinage de Chorge Gringe est déjà loué de tous comme un chef-d'œuvre comique.

— Mais où habiterions-nous? demanda Orgypp, tout en regardant Zil d'un air de doute.

— Nous nous sommes arrangés pour qu'une aile de l'hôtel chnassien sur le continent soit mise à votre disposition, murmura le Drypidon. De là, vous aurez une vue absolument magnifique sur les Grandes Chutes astryliennes.

Orgypp ne sut jamais si ce fut dû à un acte volontaire des Drypidons ou à quelque accident fortuit, mais elle retrouva soudain cette extase hors du temps qu'elle avait connue à l'instant où, debout sur l'aquadôme, elle avait contemplé les aimables créatures dansant au soleil couchant. Et elle comprit alors, sans l'ombre d'un doute, qu'elles désiraient *réellement* qu'elle restât et qu'elle avait aussi quelque chose à leur offrir.

Elle sourit, inclina la tête et se soumit.

— Je suis sincèrement et profondément touchée de l'honneur que vous me faites.

Georges ouvrit le deuxième cahier et lut le paragraphe inachevé : *Les basses terres de Knyff avaient donné naissance en leur temps à bien d'étranges végétations, mais aucune plus étrange que le champignon sulfureux de Cryth. Car, aussi loin que portait la vue, des milliers et des milliers de petits globes d'un jaune éclatant sortaient du sol spongieux comme...*

Il leva la tête, regarda par la fenêtre. Il savait qu'il n'avait qu'à fermer les yeux pour tout voir — le rideau de pourpre du crépuscule tombant sur Knyff; les roselières hérissées de pointes s'étendant sous le soleil rouge sang, jusqu'à l'horizon; le monde étrange, impossible et pourtant familier qu'il avait créé pour nourrir son imagination affamée. Il secoua la tête, soupira, et ajouta rapidement les trois mots nécessaires pour terminer la phrase — *des œufs mollets.*

Il allait tirer un trait en travers de la page et écrire
FIN en majuscules, quand il se ravisa et ajouta une
dernière phrase : *Le lendemain matin, ils avaient tous
disparu aussi mystérieusement qu'ils étaient apparus.*

Il relut tout le paragraphe à haute voix, et fut soudain envahi d'une tristesse poignante, telle qu'il n'en
avait plus éprouvée depuis l'enfance. « Je *grokke* avec
vous, Georges, se dit-il. Eh bien, voilà, c'est fini, à
présent. Cela doit bien prouver quelque chose. » Et il
eut un profond soupir.

Il ferma le cahier, accrocha le stylo à bille à la
couverture et remit le tout dans le tiroir de la petite
table de chevet. Puis il s'adossa à ses oreillers, croisa
les mains, regarda par la fenêtre les nuages bas pous-
sés par le vent. Bon, Agénor, c'était terminé. Adieu,
Agénor. Il se rappela quelques vers, un poème, peut-
être, qu'il avait dû apprendre par cœur il y avait bien
longtemps de cela. *Les tours couronnées de nuages
et les somptueux palais.* N'était-ce point de Shakespeare? Dans ce poème sur l'île magique?

Quelle étrange chose, pourtant. Si sa mémoire était
bonne, le vieux Wilkins n'avait jamais dit qu'on aimait
les poèmes par besoin d'évasion. Zil n'était-il donc
qu'une sorte de fantôme du père d'Hamlet? Dans ce
cas, il serait donc lui, Georges, une sorte d'Hamlet?
Et qu'était Hamlet sinon création de l'imagination de
Bill Shakespeare? Et Zil et Orgypp? Créations engen-
drées par des rêves provoqués par l'imagination d'un
autre?

Se laissant distraitement glisser au gré du courant
sinueux de ses pensées, un nom lui vint brusquement
à l'esprit : « Astrol ». On eût dit qu'on venait de frap-
per sur une minuscule cloche de cristal, près de son
oreille.

— Astrol? murmura-t-il, étonné. Qu'est-ce qu'Astrol? Mais il le sut au moment même où il prononçait
le mot! Tout était là! Un éclair aveuglant l'œil intérieur. Tout comme Agénor au début. Attendant qu'il

en parlât! Astrol, répéta-t-il, mais bien entendu! Mais, attention! Et si cela finissait comme Agénor? Si des êtres... Bon. Doucement. C'est facile. Si je n'y mets point d'hommes ni de femmes, il n'y a plus aucun risque de... Mais comment le peupler? Des animaux? Mais quel genre d'animal? Des singes? Il ressemblent trop aux humains. Il faudrait que ce soit quelque chose d'entièrement différent. Des poissons? Des poissons *volants?* Son imagination se déchaîna. Pourquoi pas des *dauphins!* Il se mit à rire doucement comme un bébé chatouillé. Mais oui, nom de nom, pourquoi pas une race de dauphins *volants,* d'une intelligence incroyable, habitant un monde de mers bleues aux vagues toujours renouvelées? Aucun risque. Et le personnage principal pourrait être une sorte d'éducateur des jeunes dauphins, qui leur apprendrait, naturellement, la dolphinique élémentaire. Il pourrait peut-être y avoir un île, aussi comme celle de Prospéro. Mais une seule. Petite. Pour les quelques rares visiteurs d'autres planètes qui viendraient faire un court séjour...

Tout heureux, Georges se mit à rire, et tendit la main vers le tiroir. Il allait reprendre son stylo, et son cahier...

Ce volume a été achevé d'imprimer le 8 novembre 1976
sur les presses de l'Imprimerie Floch à Mayenne.
D.L., 4e trim. 1976. Édit., n° 4550. Imp., n° 14540.
Imprimé en France.